Ceux de la forêt

Ouvrages
de
CHARLES EXBRAYAT
aux
Éditions Albin Michel

LA ROUTE EST LONGUE, JESSICA
roman

UN MATIN, ELLE S'EN ALLA...
roman

JULES MATRAT
roman

EXBRAYAT

Ceux de la forêt

roman

AM

Albin Michel

22, rue Huyghens, 75014 Paris

ISBN 2-226-00442-4

A la mémoire de Charles Giraudon,
mon ami d'enfance,
qui a connu ces hommes dont je parle

C.E.

1

On les avait vus arriver, un matin de mars 1921, par un temps aigre comme le pauvre raisin blanc poussant dans les rocailles, au-dessus de Rustande.

Ils étaient trois, avec un qui commandait. Leur accent faisait comprendre qu'ils venaient de plus loin qu'Aurillac. Jean-Marie Touillon, celui qui assure le courrier, affirma les avoir aperçus à l'hôtel de la Planète, chez le père Favrier, à Brazons.

Sur le coup, on s'y intéressa peu : juste ce qu'il faut lorsqu'il s'en amène un qu'on ne connaît pas. Mais quand le plus petit des trois eut été surpris en train de discuter avec Poulagnat le cantonnier sur la manière d'arranger la route, on se mit à les regarder de plus près. On les vit mouiller leurs bottes dans les eaux de la Seuille, parler des heures durant avec le maire, marchander avec Jeannet et Leubas qui tiennent le pays où coule le torrent. A la fin, on s'en lassa, d'autant que le moment arrivait de planter les pommes de terre. Les étrangers s'en allèrent, sans qu'on ait eu l'occasion d'en trop causer. Avec les travaux, on oublia vite, bien que le Jeannet et le Leubas se soient acheté, l'un un âne, et l'autre un beau costume noir avec les sous que les Messieurs avaient donnés pour la vente de leurs terrains au bord de la Seuille.

Un étrange pays.

D'abord, il y a la Seuille dont les eaux vertes ou grises — selon la couleur du ciel — courent, rapides, entre des prés. Des vaches viennent, à la belle saison, y tremper leur mufle. La vallée s'étale des deux côtés de la rivière, sur deux kilomètres environ. Des deux côtés aussi, elle se heurte à la montagne qui, tout de suite, s'élève, sévère et pentue. Et puis, il y a une route qui, vers le Nord, court en direction de Brazons à une dizaine de kilomètres et Aurillac qui est beaucoup plus loin, derrière le Lioran. La route s'arrête là ; et là, c'est Rustande, un village de quatre cents âmes. Après, la vallée devient gorge. La route ne servirait plus à rien.

Il y a une très vieille église avec un clocher à peigne. Les Rustandois sont très fiers de leurs cloches et l'hiver, par les jours de grosse neige ou de brouillard épais, on les fait sonner toute la journée pour guider ceux qui seraient obligés d'être sur les chemins. Les maisons, trapues, solides, affrontent — appuyées les unes contre les autres — les durs vents du Nord. A Rustande, on a quelques vaches et on s'efforce de faire pousser un peu de seigle et des légumes rustiques comme les pommes de terre, les choux et les carottes. Le pays vit du lait et des fromages. Les porcs, on les mange. Une petite vie, mais paisible. Ceux qui étaient revenus de la guerre s'étaient retrouvés avec joie dans la salle basse enfumée, autour des tables du café-épicerie Rochejean, et dans la nef de la petite église où

M. Vaulion, le curé, avait accueilli les survivants, les larmes aux yeux. On n'avait pas eu l'argent nécessaire pour s'offrir un monument aux morts. On s'était contenté d'une croix dressée sur des grosses pierres où l'on avait scellé une plaque de marbre portant les noms des hommes tombés au champ d'honneur.

Depuis toujours, pour conserver ses prés, Rustande doit se battre contre la forêt dont les premiers arbres menacent les flancs de l'étroite vallée et qui se présente en une masse hostile là où la route se termine. Jules Poulagnat n'a de cesse qu'il n'ait déjoué ses ruses, écrasant, coupant, taillant, brûlant les plantes qu'inlassablement la montagne lance en avant pour reprendre le pays.

Le dimanche, avant d'aller chez Rochejean où les femmes achètent tandis que leurs maris boivent, on se rend à l'église et, bien qu'elle soit pauvre et nue, on s'y sent à l'aise. Peut-être parce que sur la chaise qui porte votre nom, on se rappelle que le père et le père du père et encore le père de celui-ci se sont agenouillés. En attendant que commence l'office, les hommes se rassemblent sur la placette devant le porche. Elle est ceinte d'un mur bas où l'on s'assied, jambes pendantes, pour bavarder. Un « Sully », dont les racines plongent dans le passé de Rustande, donne de l'ombre à la belle saison. Une vieille croix de pierre, ressemblant à un phare, se perd dans le feuillage.

Un bon village, que le vent, descendu des hauteurs, rabote d'un bout de l'année à l'autre.

De toujours lutter contre la montagne, certains ne se sont pas lassés ; des hameaux s'élèvent sur les flancs où les fayards et les châtaigniers cèdent peu à peu aux sapins, puis aux genévriers et enfin à l'herbe courte des sommets où s'accrochent les nuages.

Partagé entre l'appel de la vallée et l'envie des cimes, Lavillerie étage ses maisons à mi-hauteur.

On y a encore des jardins où les plus obstinés arrivent à faire pousser quelques fleurs. Chaque semaine, on descend écouter la messe à Rustande. Un devoir et une distraction. A Lavillerie, César Chènnebrun est celui à qui on obéit depuis qu'il est revenu de la guerre, intact. Il a succédé au vieux Arsène Mouthe qui s'est laissé mourir à nonante et deux ans, d'un chaud et froid ; Arsène était né sous le roi Charles X. Ça fait loin. César, c'est un homme énorme, qui approche de la cinquantaine. Il n'a pas besoin d'user de sa force contre les mauvais, il n'a qu'à se montrer. Sa femme, Berthe, est une solide aussi. On raconte qu'elle est lente à comprendre et à bouger, mais ce n'est pas vrai, elle comprend tout et quand elle empoigne la besogne, elle l'abat vite. César est bûcheron. Berthe et lui ont eu un petit. Il n'a pas vécu, étant né au seuil d'un hiver trop rude. A cause de la neige qui ne permet pas toujours de gagner Rustande à la méchante saison, on s'est aménagé un cimetière où M. Vaulion grimpe une fois par an, en août, pour bénir ceux qui dorment sous terre.

***

Bien au-dessus de Lavillerie, Verdagne a — pratiquement — rompu toute attache avec ce qu'on appelle — dédaigneusement — les « terres basses », qu'on domine de très haut. Une dizaine de familles habitent là, cramponnées les unes aux autres pour trouver le courage de continuer. On travaille dans la forêt et on élève des chèvres. Les fromages de Verdagne sont réputés. Le Jules Bonnevaux les descend une fois par semaine à Rustande (il en laisse quelques-uns au passage, à Lavillerie) où Jean-Marie Touillon les emporte à Brazons.

Dans les pacages de la crête, à la limite supérieure des arbres, les rudes bûcherons de Beauzères se sont bâti de petites demeures trapues dont les toits touchent le sol du côté où souffle le vent. Dans ce coin perdu, où il ne faut compter sur personne, c'est Hippolyte Colombet qui impose sa loi aux quelques familles qui s'entêtent à vivre là.

Ce Colombet, il ressemble à un genévrier. Sec et tordu, mais solide. Personne ne sait son âge. Les plus vieilles de Beauzères jurent qu'il était déjà vieux quand elles étaient encore demoiselles. On pense qu'elles exagèrent, mais on n'en est pas tellement sûr. L'autorité d'Hippolyte tient à ce qu'il ne parle guère. Il se contente de vous regarder et on a honte. Il n'y en a pas beaucoup qui se souviennent de sa femme, la Mélie, et de leurs deux garçons — Alfred et Antoine — tués, le premier aux Éparges, le second au Chemin des Dames. On n'aime pas beaucoup Colombet. On le respecte et on le craint.

***

Les étrangers revinrent le 20 avril de l'année suivante, le jour de la Saint-Marcellin. Ils s'installèrent chez la Marie Besson qui tient le seul hôtel du coin, la Croix Blanche.

Un soir, en rentrant des champs, ceux de Rustande s'aperçurent qu'on avait collé une affiche sur le mur de la mairie. Au premier rang, César Chènnebrun, descendu de Lavillerie pour prendre le tabac du hameau, lut l'avis à haute voix. Il y mit longtemps, étant plus habile à manier la hache qu'à épeler. Quand il se retourna, on savait que les Messieurs allaient bâtir une usine électrique sur les bords de la Seuille, que les travaux commenceraient dans le mois à venir, que les hommes voulant y travailler gagneraient cinq francs par jour, hiver comme été.

Aux premiers temps, les gars boudèrent. Ils ne comprenaient pas qu'on puisse vivre autrement que de la terre ou de la forêt. Pourtant, gagner cinq francs par jour, sans se faire du mauvais sang pour le vent ou pour la pluie, ça a son goût.

Toutefois, ces hommes rudes n'imaginaient pas qu'une heure viendrait où l'on bouleverserait l'horizon auquel ils étaient habitués depuis leur enfance. Sans doute y avait-il eu la guerre, mais cela s'était passé dans un pays qui n'était pas le leur. Devant les villages en ruine, les forêts dévastées, les champs monstrueusement labourés, ils avaient plaint ceux qui habitaient là, avant. Il ne leur était pas venu à l'idée qu'il aurait pu en être de même chez eux. Ce n'était pas possible. Alors, quand César eut achevé de lire l'affiche, ils avaient discuté un moment puis, haussant les épaules, ils avaient regagné leurs maisons.

Deux semaines plus tard, une douzaine d'étrangers — des gens pas très grands, aux visages bronzés, volubiles, agités — débarquèrent, de gros camions, à Rustande et ils se mirent à dresser de grandes cabanes préfabriquées que les anciens combattants reconnurent pour les avoir souvent vues à l'arrière immédiat du front. Bientôt, un petit hameau de bois s'éleva au nord du village. Au début, on montra grise mine aux nouveaux arrivants et les Rochejean, tant au café qu'à l'épicerie, mirent toute la mauvaise grâce possible à les servir. Seulement, quand on se rendit compte que les Piémontais vivaient facilement, l'envie empoigna les paysans que les femmes harcelaient en leur montrant combien l'existence leur serait plus facile s'ils travaillaient à l'usine. Ils cédèrent et bientôt la population mâle de Rustande travailla en compagnie des Italiens avec lesquels, après la méfiance du début, ils s'entendirent fort bien. Dans ce village sévère, où seule la cloche de l'église rythmait le quotidien, les accordéons gémirent, les notes pimpantes des mandolines et des chansons coururent dès la chute du jour dans les ruelles de Rustande, des chansons dont on ne comprenait pas les paroles, mais dont les airs mettaient des fourmis dans les jambes ou, sans qu'on sût pourquoi, vous emplissaient le cœur d'une sorte de mélancolie pas désagréable du tout. Il n'y avait que les vieux pour se cantonner dans une hostilité hargneuse. On les laissa de côté et ce d'autant plus que M. Vaulion constatait, avec une joie profonde, que les Piémontais se montraient excellents catholiques et parfaits pratiquants. A l'église, les étrangers se tenaient dans la nef, derrière les femmes, laissant aux hommes leur place privilégiée, au fond, près de la porte.

En somme, on se serait senti heureux si l'on n'avait pas perdu la bonne amitié de ceux de la montagne qui n'admettaient pas ce qu'ils appelaient une trahison. Ils descendaient toujours à Rustande pour la messe et pour les commissions. Ils saluaient encore les amis d'hier, mais sans chaleur. Chez l'épicier, César Chènnebrun passait sa commande et, en attendant qu'on lui préparât son paquet, restait debout, immobile, semblable à un de ces arbres dont le tronc énorme donne l'impression que rien ne pourrait les abattre. Camille Rochejean — qui aimait beaucoup César — essayait de le raisonner.

— Pourquoi tu veux pas boire un canon avec eux autres ?

— J'y ai plus le cœur.

— A cause ?

César se retourna et, à travers les murs, indiqua l'horizon.

— A cause de ce qu'ils ont permis.

— Faut les comprendre, grand.

— Je peux pas.

Alors, Rochejean parla de l'argent qui rentrait régulièrement, quelles que soient les saisons, du confort qui allait s'accroissant de mois en mois.

— Si tu voyais la cuisine que s'est payée l'Agathe Ommeray... Une vraie merveille !...

— Ça empêche pas qu'ils sont des salauds !

César, son verre bu, son achat réglé, tournait les talons et remontait vers ses arbres.

***

Chènnebrun aurait dû en envoyer un autre à Rustande pour les commissions parce que, sans qu'il y prît garde, le mal l'attaquait sournoisement, un peu plus fort chaque fois. D'abord, il avait accepté de trinquer avec Rochejean, puis avec d'autres, et d'autres encore. Au bout de quelques mois, il allait s'asseoir dans la salle du café, au milieu des copains retrouvés qui lui racontaient comment c'était la vie à l'usine et les soirées chez le Camille. Un jour, au moment où César s'apprêtait à repartir, l'Amédée Chambonas lui dit :

— Des fois que tu te déciderais... on sait jamais, hein ? et puis quoi, on cause pour causer, pas vrai ? Y a les Tallard — l'Auguste et sa Philomène — qui veulent aller finir leur temps à Aurillac, chez les vieux. La maison serait à louer. C'est une bonne maison, juste contre l'église.

Il avait beau essayer de chasser les idées que l'Amédée lui avait fourrées dans le crâne, César n'y parvenait pas. Par moments, il se persuadait d'en être débarrassé et, vite, elles revenaient. Un peu comme ces mouches qui, l'été, harcèlent votre corps en sueur et qu'on se figure mettre en fuite avec de grands gestes inutiles. César éprouvait plus de peine que d'habitude à grimper le sentier se faufilant entre les arbres, une « coursière » qu'il connaissait depuis qu'il était en âge de marcher et qui faisait gagner pas mal de temps. Sans doute ces mauvaises pensées attrapées chez Rochejean et qui rendaient son pas plus lourd.

***

Ce soir-là, Berthe n'avait pas sa figure de tous les jours, quand Chènnebrun poussa la porte de la cuisine où le couple passait le plus clair de son temps. Elle ne posa pas de questions. Elle était habituée à se taire, son homme n'étant pas quelqu'un qu'on pût interroger. Elle se contentait de l'épier du coin de l'œil tandis qu'elle surveillait, dans l'âtre, la fricassée de pommes de terre grésillant dans le saindoux. Si César voulait parler, il parlerait. Il ne fallait surtout pas avoir l'air de lui demander.

Tandis que son homme prenait place à la table et ouvrait son couteau pour couper le pain, elle s'enquit — sans se retourner, pour bien montrer le peu d'intérêt qu'elle portait à sa réflexion :

— Doit faire bon, en bas...

— C'est selon.

— Ça veut dire quoi ?

— Ça veut dire que pour ce qui est de la saison, c'est à « cha peu » la même chose que par chez nous... mais pour la mentalité, ça ressemble plus du tout.

— Ah ?

— Ils sont heureux, en bas.

Ils mangèrent leur soupe aux choux, la fricassée de pommes de terre et la tomme de chèvre, en silence. Quand il eut bu son dernier verre de vin, essuyé du dos de la main ses grosses moustaches, César referma son couteau, se leva, fit tomber les miettes accrochées à son gilet et annonça :

— Je vais leur porter le tabac...

En sortant, il se retourna sur le seuil.

— La maison des Tallard... tu sais, près de l'église ? Elle va être louée, les vieux s'en vont à l'hospice.

Son mari parti, Berthe s'assit sur sa chaise sans dossier devant l'âtre où, pendant quarante ans, elle avait vu sa mère s'asseoir. Berthe est une grande femme avec une forte charpente, dénuée de grâce, mais solide. Elle regardait les flammes lécher le cul du chaudron où chauffait l'eau de la vaisselle. Les mains jointes dans son giron, elle réfléchissait. Qu'avait César ? Elle avait remarqué que, depuis quelques semaines, son humeur changeait et qu'à chacune de ses remontées de Rustande, il semblait plus préoccupé. A la Berthe aussi, il arrivait de rêver de Rustande où elle était née et où les gens étaient plus heureux que dans la montagne. César aurait-il décidé de descendre à son tour ? A cette idée, le cœur de la femme se mit à battre plus vite. Revenir à Rustande, pour elle, ce serait retrouver un peu de sa jeunesse.

***

A Lavillerie, c'est chez Auguste Saze qu'on se réunit pour boire. Une sorte de café, si on veut, et qui n'ouvre que lorsque le patron est rentré des champs ou du bois. Saze est un mélancolique. Haut de près de deux mètres, sans un cheveu, imberbe, on dirait un cierge géant. Il a l'air de ne jamais comprendre ce que vous lui dites, mais c'est une ruse pour se donner le temps de réfléchir. Ses colères sont rares et terribles. Il a été en prison pour avoir battu un gendarme. Son épouse, Victorine, est une pâle à la chevelure filasse. Nul dans la clientèle ne penserait à lui pincer la croupe quand elle remplit les verres, d'abord parce que ce n'est pas dans les habitudes, ensuite parce que ça ne tente personne. Parfois, il y en a qui descendent de Verdagne pour passer une heure ou deux chez Saze. Le besoin de voir d'autres hommes, d'écouter parler, de prononcer un mot, si l'occasion se présente.

Julien Moulédous avait des yeux très clairs qui brillaient dans sa figure mangée par les cheveux, les poils de sa barbe et de sa moustache. Il venait à Lavillerie chercher le tabac pour Verdagne et quand ça lui chantait, il grimpait jusqu'à Beauzères pour apporter sa chique au Colombet, du gris pour les hommes avec du papier à cigarettes, sans oublier le tabac à priser qui — selon les femmes — dégage le cerveau. Pour le moment, Julien faisait comme les autres, il tâchait de comprendre ce que racontait César.

Moulédous aimait bien Chènnebrun, parce qu'il ressemblait à un arbre. Il avait de la joie au cœur en regardant cette grosse tête ronde reposant sur des épaules larges où s'attachaient des bras énormes. Les mains du bûcheron, burinées par le manche de nombreuses cognées, faisaient penser à des bêtes terribles se ramassant pour bondir. César parlait avec difficulté et par à-coups en dodelinant de la tête comme pour aider à la sortie des mots. Julien admirait Chènnebrun pour sa force et son silence.

César tentait d'expliquer à quoi ça ressemblait en bas et la bonne vie qu'on y menait. Saze demanda :

— Tu penses qu'ils embaucheraient encore à l'usine ?

— Faut croire, puisqu'ils parlent d'appeler encore des Piémontais.

Fabien Carniol, un petit, tout en nerfs, grogna :

— Ils vont prendre ce qui est à nous, ces fumiers-là !

— Nous prendre quoi, puisqu'on n'en veut pas !

Ils se turent, le temps de vider le litre posé sur la table, puis Marius Roquefeuille demanda :

— Tu crois, César ?

Marius était le plus vieux et le meilleur ami de Chènnebrun. Ensemble, ils avaient porté leurs premières culottes, reçu les mêmes taloches pour les mêmes sottises et leurs incessantes courses à travers la montagne leur avaient donné des souvenirs communs. Marius s'était marié et sa femme, Antoinette, une toute menue mais dure et volontaire, lui avait donné une fille, Marie. Roquefeuille, quoiqu'il fût d'une force presque égale à celle de César, avait toujours obéi à son ami. Jadis, quand ils jouaient à saute-mouton, c'était sans cesse lui qui s'y « collait » et lorsqu'ils se transformaient en gendarmes et en voleurs, Marius était, d'autorité, dans le camp des hors-la-loi. Antoinette ne se reposait vraiment qu'auprès de la Berthe en qui elle avait une confiance aveugle. Bien qu'aucun lien de parenté ne les unît, Marie appelait tante la femme de César.

Chènnebrun leva un regard lourd sur ceux qui l'entouraient.

— Oui, je crois. Oh ! c'est pas de gaieté de cœur, mais qu'est-ce qu'on peut espérer d'autre ? Au fur et à mesure que les Piémontais arriveront, la vallée leur appartiendra de plus en plus et nous, on deviendra quoi ? Rien... On crèvera sans que personne s'en soucie !

Saze hocha la tête.

— Je pense que t'as raison, grand.

Marius renchérit.

— Je le pense aussi.

César les prévint :

— On doit se dépêcher... Saze, tu pourrais parler aux Biganon, aux Clavette et aux Ollières... Toi, Marius, tu visiteras les Saulzet, les Toumiac et les Vaumas. Joseph Dalles — un quinquagénaire rasé comme un curé — fut chargé de prévenir les Gabillou et les Montot. Joseph soupira :

— Pour eux autres, ce sera dur à cause du...

Chènnebrun lui coupa la parole sèchement :

— Ça sera dur pour tous... Marius, tu causes mieux que moi, alors, tu monteras à Verdagne, pour essayer de leur expliquer. On peut pas compter sur Julien...

Julien Moulédous, le menton appuyé dans ses mains croisées sur son bâton, sembla ne pas avoir entendu.

— Ceux de Beauzères, c'est pas la peine... l'Hippolyte serait capable de te foutre un coup de fusil... Demain matin, je redescendrai à Rustande... J'irai parler aux Messieurs de l'usine...

Joseph Dalles s'enquit timidement :

— Quand c'est — à ton idée — qu'on pourrait partir ?

— Vendredi en huit pour ceux qui trouveront à se loger, et à la fin du mois pour ceux qui occuperont les maisons de bois qu'on finit de bâtir et qui étaient pour les Piémontais qu'on remplacera.

Saze regarda autour de lui et murmura :

— Ça fait tôt...

— On n'a plus guère le temps, tu sais.

Tout était dit et ils s'apprêtaient à se séparer lorsque Julien Moulédous demanda d'une voix claire :

— Alors, comme ça, vous allez partir ? quitter le pays ?

Roquefeuille répondit :

— On est quasiment obligés.

Julien secoua la tête.

— On n'est jamais obligé, sauf quand les gendarmes s'en mêlent. C'est toi qui leur as mis cette idée dans la cervelle ? Dommage, j'avais une grosse estime pour toi, César.

La porte refermée, ils écoutèrent s'éloigner les pas du Moulédous remontant à Verdagne. Il leur semblait qu'avec Julien, c'était tout le vieux pays qui s'écartait d'eux.

***

Contrairement à son habitude, César ne se coucha pas en rentrant de chez Saze. Sa femme, dans le lit, attendait comme chaque soir. Elle ne pouvait s'endormir tant qu'il n'était pas allongé à son côté. Intriguée par le silence régnant dans la cuisine, alors qu'elle l'avait entendu arriver, elle se leva et descendit, pieds nus, l'escalier de bois. Son mari était assis près de l'âtre, sur la chaise qu'elle occupait elle-même une heure auparavant. Elle chuchota :

— Quelque chose qui va pas ?

Il écarta les bras dans un geste d'impuissance.

— C'est le Julien... Il veut pas comprendre...

— Comprendre... quoi ?

— Que nous devons aller vivre en bas si nous tenons pas à finir pareils à des bêtes sauvages.

Elle répéta dans un souffle.

— On quitterait ici, notre chez nous, pour partir s'installer à Rustande ?

— Je gagnerai mes cinq francs par jour, toute l'année. La vie sera plus facile pour toi et pour moi ça sera moins pénible que de faire le bûcheron... On n'est plus des jeunesses, ma Berthe.

— Bien sûr, ça serait mieux... Seulement, il y a notre Francis, tu y as pensé ?

Francis, c'était le petit qu'ils avaient eu et qui n'avait pas voulu vivre plus de quinze mois. Berthe ajouta doucement :

— Il irait sur ses dix-huit ans, à cette heure...

— Je sais... On montera tous les mois arranger sa tombe et M. Vaulion dira, une fois par an, une messe pour que Francis se rende compte que nous l'oublions pas...

— Je pourrai jamais l'oublier... Pourquoi tu t'inquiètes de ce que pense le Julien ? Il a pas plus de bon sens qu'un gamin... alors ce qu'il pense ou rien, hein ?

— Ouais, mais derrière lui, il y a les autres.

— Quels autres ?

— Ceux de Verdagne et de Beauzères.

***

A la fin de l'été, toutes les familles de Lavillerie étaient installées à Rustande et se prétendaient heureuses. Les gens de Verdagne étaient restés chez eux. Pourtant, à Rustande, on était un peu honteux, le dimanche à la messe, lorsqu'on en croisait un de Verdagne. Alors, on pensait aux maisons mortes, aux défunts abandonnés pour ces chalets bâtis au bout du village.

Quant aux hommes de Beauzères, on ne les vit plus, mais on sut que lorsqu'ils parlaient entre eux des gars travaillant à l'usine, ils crachaient par terre, en serrant les poings.

***

Malgré ces entêtés, l'usine s'élevait. Il ne se passait pas de jour sans qu'on jetât des arbres à terre, qu'on défonçât des champs, qu'on fît sauter le lit de la Seuille, par endroits. D'abord, les gens du pays rechignèrent à arracher des châtaigniers que leurs arrière-grands-pères avaient plantés, mais les Piémontais abattaient les plus gros fûts, en sifflant « Santa Lucia ». Pour ne pas faire rire les Italiens, on s'y était mis et maintenant on n'avait plus de regret à démolir un mur, à combler un « gour » où, gamins, on venait pieds nus pêcher la truite. Seules, les femmes s'entêtaient. Plus sensibles que les hommes, elles sentaient leur jeunesse tomber sous les pioches. A chaque coup de mine, elles se signaient en songeant à ce que devaient penser ceux qui, là-haut, en recevaient l'écho.

Quand le Philippe Mazeyrat se fit écraser par un rocher, on parla de vengeance et plus d'un, ce soir-là, n'osa pas lever les yeux vers le col.

Le petit pont, plein d'herbes et d'histoires, avait disparu. A sa place se dressait un grand mur blanc, tout nu, qui faisait peur à regarder.

Le jour où l'on arracha, avec des treuils, tous les arbres qui, au nord du village, formaient une avancée dans la Seuille, ce furent les vaches du Pierrou qui s'en plaignirent le plus, se lamentant de ne pas retrouver leurs pacages.

Et puis, on s'y habitua. On fit comme si l'usine avait toujours existé. Quelquefois, un qui avait trop bu entreprenait de raconter l'histoire du Barthélemy, vous savez ? celui qui avait sa maison là où on a mis le contrôle ? On le forçait bien vite à se taire, avec de gros jurons, et il fallait boire plusieurs canons pour chasser les souvenirs qui griffaient la peau.

Des gosses vinrent au monde, qui ne surent pas comment c'était avant.

On parla du barrage comme jadis on parlait du bois des Étartés depuis longtemps disparu. Pourtant, quelques vieilles demeuraient irréductibles et n'ouvraient leurs fenêtres que lorsque le vent venait de la montagne, pour y respirer l'odeur dont elles avaient été nourries. On les laissait de côté et ceux qui « se fréquentaient » allaient s'asseoir au bord de la grande écluse remplaçant le sentier suivi par les promis de jadis.

Le Jules Raffieux, garde-forestier en retraite, était devenu veilleur de niveau et concierge de l'usine. Il habitait dans une petite maison en ciment et racontait partout qu'il s'y sentait mieux que dans la cabane où il avait passé trente-cinq ans au seuil de la forêt des Gréaux. Son opinion consolait le pays.

Le matin où l'on planta le drapeau sur le toit de l'usine, ce fut une fête comme on n'en avait jamais vu dans la vallée. Au soir de cette kermesse, les dernières résistances furent emportées dans le bruit des bouteilles de mousseux et dans celui des guitares au son desquelles les Italiens faisaient danser Rustande.

Désormais, l'usine régna sur la vallée.

***

Au deuxième coup de la grand-messe, on voyait apparaître le Julien Moulédous, le dernier qui venait encore à

Rustande, des pays d'en haut. Il habitait au-dessus de Lavillerie. La descente et la remontée lui prenaient presque tout le dimanche : il trouvait là son plaisir et aussi dans la chopine qu'il buvait en compagnie de César pour qui, en dépit de son départ, il montrait encore de l'amitié.

Ce qui donnait au Julien l'air égaré et le faisait traiter de simple par certains, c'était le bleu de son regard. Il avait des yeux limpides que rien n'obscurcissait jamais, comme lavés à force de regarder le ciel. De vivre toujours à l'écart, avec les arbres, il gardait une curiosité enfantine que la plus petite affaire intéressait. Ses amis étaient gênés quand cet homme de trente-cinq ans s'amusait à suivre, dans les matins pluvieux, la marche humide d'un escargot ou interrompait son travail pour remettre dans le droit chemin un scarabée affolé. A cause de ses prunelles trop claires, on ne lui eût jamais confié un souci qu'il n'aurait d'ailleurs pas compris. Seule la forêt existait pour lui : il n'aimait les hommes qu'autant qu'ils ressemblaient à des arbres. Ainsi César.

On avait beau savoir que le Julien allait venir, quand il débouchait sur la petite place, on se taisait. S'il n'y avait eu les Piémontais, ç'aurait été un grand silence avec, seulement, le bruit des souliers de l'homme sur les cailloux du chemin.

Selon la saison, il arrivait un bouquet d'airelles ou un panier de bolets à la main. Il allait d'abord à César et lui tapait sur l'épaule en disant : « Mon pauvre gars... » puis partait s'asseoir sur le mur bas fermant la place. Entre l'arrivée du Moulédous et le commencement de la messe, il ne se passait qu'un petit moment, mais qui paraissait fort long à tous ceux de Rustande. On ne pouvait pas s'empêcher de penser aux autres. Chaque fois la même chose : devant l'homme aux grosses chaussures terreuses, à la barbe où flottaient des fils de la Vierge, les gars de Rustande tiraient sur les jambes de leurs pantalons pour cacher les chaussettes claires dont ils étaient si fiers. Enfin, César se levait, poussait un soupir qui faisait craquer sa chemise empesée et disait : « Tant pis... »

C'était tant pis pour le passé, pour les courses à travers la montagne, pour les repas pris en commun sous les arbres, pour les saluts qu'on s'envoyait d'une pente à l'autre le soir, en rentrant les bêtes, pour la bonne amitié enfin...

On l'aimait bien Julien, mais il ne serait pas venu, qu'on aurait préféré.

Pourtant quand, après avoir bu, le Moulédous se dressait, remontait ses pantalons, serrait sa tayole et disait :« Adieu, hé ! César », on sentait quelque chose qui se bloquait dans la poitrine et, longtemps, on restait sans parler, à écouter les pas de celui qui remontait vers ce qu'on avait abandonné.

Souvent, à un kilomètre ou deux de Rustande, Julien était accosté par le Jules, l'Henri ou le Marius qui l'attendaient, cachés derrière un buisson :

— C'est pas que je porte peine... seulement, si t'avais un moment et que tu passes par Lavillerie, regarde voir un peu au cimetière si la tombe de la mère, elle a pas trop souffert de l'hiver ? Je peux pas y monter, tu comprends... ? C'est pas que je porte peine, je te répète... mais c'est là qu'est la vieille, hein ?

2

Chaque matin, de son lit, à la seule manière dont lui parvenait le premier coup de la sirène de l'usine, César devinait le temps qu'il faisait.

Il y avait déjà plusieurs mois que ceux de Lavillerie vivaient à Rustande. On les y avait accueillis avec amitié. César et sa femme avaient pris la succession des Tallard, dont ils avaient loué la maison. Berthe s'était d'emblée trouvée à son aise au cœur de la vieille demeure accroupie à l'ombre de l'église. Auguste et Philomène Tallard s'y étaient installés soixante ans plus tôt ; ils n'en avaient jamais bougé. Une maison vivante où il faisait bon se réfugier. Au lieu de passer des mois à donner un peu de chaleur humaine à un logement neuf ou inconnu, ici on n'avait eu qu'à prendre la suite. César se sentit rassuré en entendant, dès le premier soir, Berthe qui chantonnait.

César aimait beaucoup sa femme. Bien sûr, il ne lui serait pas venu à l'idée de le lui dire, d'abord parce qu'il n'aurait pas su, ensuite parce qu'à son âge il aurait eu un peu honte. Cependant, Mme Chènnebrun n'avait nul besoin qu'on lui expliquât les sentiments de son mari à son endroit. Elle était convaincue qu'ils répondaient aux siens. Quant à elle, lorsqu'elle avait rencontré César, quelque vingt années plus tôt, elle s'était persuadée qu'elle épousait le plus bel et le meilleur homme du monde. Vingt ans plus tard, elle pensait exactement la même chose. Pourtant, au début, l'existence avait été dure à Lavillerie. Venue de Rustande — Berthe avait découvert son futur mari à la foire de Brazons — elle s'était courageusement empoignée avec la forêt. En peu de temps, elle sut oublier les douceurs de la vallée pour devenir une vraie femme de la montagne où tout ce qui n'est pas fort disparaît vite. Insouciante des cheveux gris qui, à trente-huit ans, lui marquaient les tempes, elle gardait de sa jeunesse une peau fraîche que le vent n'avait pu brûler.

***

Si le mugissement de la sirène lui arrivait petit, s'enflant progressivement pour décroître régulièrement ensuite, César savait que la sibère avait nettoyé la vallée et que la journée serait claire mais froide ; au contraire, quand un ronflement poussif lui parvenait, il se doutait que les brouillards de la Seuille étouffaient les sons.

Au premier coup de l'heure au clocher de l'église, soixante minutes avant l'ouverture des portes, César se levait. D'une grande claque affectueuse sur le derrière, il réveillait Berthe qui grognait, ayant mal dormi : on se couchait à des onze heures pour se lever à six, alors que durant toute la vie d'avant on s'était couché à neuf heures pour se lever à quatre. On ne change pas brusquement d'habitudes ! César écoutait sans répondre les jérémiades de sa femme. Chaque matin, c'était la même histoire : Berthe aurait été malade si elle n'avait pas commencé la journée en houspillant son homme. Grommelant, elle mettait dans la musette de César, en train de se laver, une chopine de vin avec un bout de pain et du saucisson, pour qu'il puisse faire « dix heures » et attendre le repas de midi.

Un peu avant sept heures, César posait une bise sur les joues de Berthe, prenait sa musette et ouvrait la porte. Par habitude, comme autrefois lorsqu'il était sur le point de pénétrer dans la forêt, il s'arrêtait sur le seuil, respirant l'air et annonçant à sa compagne, qui ne l'écoutait pas, l'orage amoncelé sur le Crêt des Hiboux, ou la chaleur qui, du haut de Jalouvre, allait leur tomber sur le dos. Puis, heureux d'avoir pris contact avec la nature, il partait d'un pas sonore sur la route fraîchement empierrée, en sifflant une marche militaire.

La première maison venant à lui, après la boulangerie Sauvignet, était celle de Marius Roquefeuille. Au passage, Marius rejoignait César et tous deux, les saluts d'usage échangés, filaient vers leur travail.

Pour atteindre l'usine, il fallait traverser le village dans toute sa longueur. Comme il venait du plus loin, César servait de point de repère : on l'attendait, sachant qu'il n'était jamais en retard. Successivement, avec des cris et des bourrades de bonne amitié, le Régis Anthème, le Philippe Mazeyrat, le Jules Gray, le Claude Barbanche, le Georges Burdignes, le Francisque et le Jean-Marie Colombier le rejoignaient.

Au sortir de Rustande, ils rattrapaient les Piémontais et, tous ensemble, s'engageaient sur l'écluse.

***

Avec les Piémontais, l'entente avait connu des hauts et des bas ; après l'euphorie des premières semaines, on avait commencé à se regarder de travers. Les Rustandois reprochaient aux étrangers l'air souriant qu'ils affectaient continuellement, leur manière de chanter en parlant, et ces clins d'œil qu'ils adressaient aux femmes, même mariées. Les heurts s'étaient faits de plus en plus nombreux. Le plus grave, ce fut le jour où un Italien embrassa, sur la bouche, la femme de Roquefeuille, en plein café. Sous l'injure, la figure du Marius s'injecta, les veines de ses tempes gonflèrent. Avec un bruit sourd, sa main s'abattit sur le visage du Piémontais, faisant gicler le sang. L'étranger voulut mettre la main à la poche où cette engeance tient toujours un couteau, mais le poing de son adversaire, lui défonçant les côtes, ne lui en laissa pas le temps. En hurlant, le blessé s'en fut. Avec un gros soupir, Roquefeuille s'était de nouveau assis, non sans avoir administré une gifle à son Antoinette qui ne comprit pas plus le coup qu'elle n'avait compris le baiser.

Il y avait là le Jules Gray, le Claude Barbanche et le Francisque Colombier ; ils approuvèrent leur ami.

Mais les Piémontais, que le blessé était allé chercher, arrivèrent, conduits par les deux frères Tomasi, Enrico et Pietro, dont la puissance valait celle des Français. Ce fut une mêlée dont le père Rochejean, le cafetier, se souvient encore avec angoisse car il crut, pour de bon, que sa ruine allait y être consommée. Attirés par les cris, les hommes de Rustande accoururent à la rescousse. Les Italiens, roués de coups, n'osèrent sortir leurs armes de peur qu'une histoire grave ne les fît expulser. On leur interdit le café.

De longs mois durant, les deux races vécurent côte à côte, tout en s'ignorant.

Quelques bagarres, les soirs de paie, jetaient encore souvent les uns contre les autres ces hommes qui, ne se comprenant pas, finissaient par se haïr.

Par la suite, le travail et les dangers communs les rapprochèrent. Lorsque le Roger Javel fut écrabouillé sous un rocher, un Piémontais périt avec lui. César sauva un Italien qui, pendu à une « boulotte » cinquante mètres au-dessus du sol, hurlait à la mort. L'Enrico Tomasi, par une ligature savante, empêcha de mourir le Francisque Colombier qui se vidait de son sang, l'artère de la cuisse coupée.

Les étrangers revinrent au café Rochejean.

***

Pour construire la digue destinée à protéger l'arrière-vallée, on dut empiéter sur l'ancien cimetière de Rustande. Aux familles dont on dérangeait les morts, les directeurs de la Compagnie avaient demandé la permission et offert des dédommagements. On accepta : les morts, quand ils sont encore utiles aux vivants, n'en sont que plus aimés.

Un seul n'avait répondu ni aux offres d'argent, ni aux menaces : l'Hippolyte Colombet. Habitant Beauzères, il ne descendait qu'une fois par an à Rustande pour réciter un

« Ave » sur la tombe de sa sœur Jeanne, morte depuis une trentaine d'années et enterrée dans la vallée où elle avait vécu avec son mari, mort lui aussi.

On lui avait porté plusieurs lettres pourtant, par l'intermédiaire du Moulédous. A la lecture de la première, Hippolyte avait juré le nom de la Sainte Vierge, quant aux autres, il n'avait même pas voulu qu'on les ouvrît.

Le temps de son pèlerinage revenu, Colombet se mit en route.

***

Au moment de partir pour l'usine, César aperçut l'homme de Beauzères qui débouchait du sentier, juste à côté de sa maison ; il en demeura stupide. On ne croyait pas, dans le pays, qu'il serait jamais revenu et le mari de Berthe eut de la peine en songeant à ce qu'allait découvrir le vieux qui avait dû marcher une partie de la nuit pour être là si tôt. Alors que l'Hippolyte passait devant lui, César, d'une voix mouillée, lança un salut auquel l'autre ne répondit pas, car il le méprisait, comme il méprisait tous ceux ayant déserté pour l'argent. César partit vers son travail sans siffler et Roquefeuille, qui avait regardé passer Colombet, n'en demanda pas la raison.

Le vieux, au milieu de Rustande, marchait les yeux sur la route, refusant de prêter la moindre attention à ceux qui, sur le pas des portes, n'attendaient qu'un mot pour lui tendre la main. Il y avait là de rudes et bons compagnons de jadis : Lapouyat — le père d'Antonin — avec qui, dans sa jeunesse, il avait chassé les derniers loups dans la forêt des

Gréaux, le fils Barbanche dont il avait sauvé la vie, aux Chirouzes, alors qu'un sanglier allait éventrer l'homme tombé à terre et le Régis Anthème à qui, le premier, il avait donné des leçons sur la cabrette. On le laissait passer sans un mot, parce que Colombet, c'était comme un remords vivant qui traversait Rustande.

*
* *

Sous la poussée d'Hippolyte, la grille du cimetière s'ouvrit en grinçant. Sur le seuil, le bonhomme s'arrêta et promena son regard autour de lui.

Colombet aimait ce cimetière où tant de ses compagnons d'autrefois reposaient. En dépit du pénible voyage qu'il devait s'imposer pour venir saluer ses amis — voyage qu'il savait bientôt ne plus pouvoir faire —, la fatigue lui coulait des épaules — à la façon d'une pèlerine dont on se débarrasserait en la laissant choir sur le sol — dès qu'il contemplait cette espèce de jardin où poussaient des croix à l'ombre desquelles dormaient des hommes et des femmes qui, tous, avaient été de rudes travailleurs. Au milieu des morts, Hippolyte se sentait chez lui. Parmi eux, il y en avait avec qui il était resté fâché près d'un demi-siècle. Il ne se souvenait plus des raisons de la querelle, mais y demeurait acharné. En passant devant la demeure ennemie, il grommelait de vieilles injures. Une manière de rendre hommage. Colombet se dirigeait à travers les morts, les saluant d'un clin d'œil, au passage. Sa sœur était au bord du fossé au fond duquel coulait la Seuille, entre la tombe du

Mathieu Bourdon et celle du Sébastien Jalon morts en septante, tués par les Prussiens.

Jamais ça ne lui était arrivé à l'Hippolyte... ! il hésitait, tournait, n'arrivant pas à trouver le coin de Jeanne. On aurait dit un chien courant qui, ayant perdu la trace du gibier, s'inquiète, s'affole et tourne en rond dans l'espoir de humer l'odeur qui le remettrait sur la voie. Le vieux agissait de même. Le décor l'entourant ne parvenait pas à se superposer à celui qu'il avait depuis si longtemps en mémoire. La réalité ne réussissait pas à triompher du souvenir. Les mains en avant, le dos courbé, il écartait la broussaille ayant envahi la pierre abandonnée, pour déchiffrer un nom presque effacé et qui lui servait de repère. Il épelait le nom à haute voix et se rassurait. Et pourtant, vingt dieux ! un mur s'enfonçait là où il aurait juré qu'il y avait sa sœur. Hippolyte s'énervait. Il lui fallait se rendre à l'évidence : la croix de la Jeanne n'était plus là, ni celle du Sébastien Jalon qui lui tenait compagnie. Ce n'était pas possible ! le bonhomme se signa parce qu'il y avait peut-être bien de la sorcellerie dans cette affaire...

Colombet revint à la porte pour refaire posément le chemin déjà parcouru. A haute voix, il salua chaque tombe du nom de celui qui y dormait. Il arriva à celle du Tardy et de nouveau dut s'arrêter devant ce sacré mur. Colombet se passa la main devant les yeux. Patiemment, il s'apprêtait à retourner à la grille d'entrée pour une troisième expérience quand, brusquement, une idée le figea : les lettres !... Maintenant, il savait ! Ils avaient arraché la Jeanne de la terre où elle reposait pour bâtir leur mur ! Une colère énorme lui creusa le ventre, ses dents craquèrent sous l'effort et, raide, la main crispée sur son bâton, il s'en fut.

Devant la porte, le maire attendait. Au passage, il empoigna Hippolyte.

— On t'a écrit, mais t'as pas répondu... On avait besoin de la place... Un vrai besoin, parce que autrement, tu me connais ? j'aurais pas permis... Alors, la Jeanne, on l'a mise avec ceux dont on savait plus bien le nom, dans la fosse, là-bas près du...

D'une secousse, Colombet se dégagea et dans le regard du gros garçon qui bafouillait, il ficha ses petits yeux sanglants :

— Salaud !... t'as osé faire ça ? Et les autres cochons ont permis ? Parce que les pauvres défunts ne pouvaient pas se défendre. Fumier !...

L'Hippolyte montrait une telle gueule en traversant le village que tous ceux de Rustande eurent vraiment l'impression, ce jour-là, qu'ils avaient commis quelque chose d'irréparable.

***

Le vieux montait avec peine. Sa colère le tirait en arrière, vers ceux qui avaient tout renié, tout souillé. Songeant à la fureur des amis, là-haut, quand ils sauraient, sa carcasse tremblait comme secouée de fièvre.

A un tournant, par une échappée due à la chute de deux sapins, Colombet eut Rustande sous les pieds. Il s'arrêta. Les bâtiments de l'usine, pareils à des verrues monstrueuses, encombraient les rives de la Seuille que la digue coupait en deux. Au sud, s'étalait le mur mangeant la terre où jadis dormait la Jeanne. Dans le vent qui lui collait sa chemise sur la poitrine, l'Hippolyte grogna :

— Je vas vous apprendre à nous voler nos défunts !

Vers les onze heures, Colombet atteignit le premier hameau mort, Lavillerie.

Dans les maisons désertées, l'écho emportait les pas de Colombet. L'homme, que sa montée de trois heures essoufflait, s'assit au bord de la fontaine. L'eau coulant dans un cuveau faisait un bruit clair que le silence amplifiait. Le vieux regardait toutes ces bâtisses d'où la vie avait fui. On eût dit une sorte de désert et l'herbe, déjà, envahissait les seuils. Pour se rendre compte des dégâts Colombet entra dans chaque maison. A travers la cuisine vide, il appelait celui qui aurait dû s'y trouver et, régulièrement, il l'engueulait comme si l'autre eût été là. Dans ces imprécations sans réponse, Hippolyte aurait laissé une partie de sa fureur, car malgré lui le silence l'oppressait, s'il n'était passé devant le cimetière. Le petit mur plein de brèches n'offrait plus un rempart pour la tranquillité des morts et les bêtes de la forêt pouvaient venir y folâtrer à l'aise. Perdues parmi les plantes, il fallait toucher les croix pour les voir et l'on devait écarter des ronces pour découvrir les noms.

Ce dédain, vis-à-vis des disparus, bouleversait Colombet. La mort, pour lui et pour tous ceux de son âge, n'était pas le terme de l'existence mais sa continuation : un repos dans un endroit où, vivant, on avait plaisir à venir se promener, où, chaque dimanche, après la messe, la conversation des femmes tenait les défunts au courant des choses du pays. Dans l'abandon des tombes de Lavillerie le vieux voyait son propre abandon. Autant qu'il le put, il piétina les plantes pour dégager les croix, mais il ne nourrissait aucune illusion : ce n'est pas à coups de pieds qu'on réduit les mauvaises herbes.

⁂

Au moment de pénétrer sous les premiers arbres des Chirouzes, où le sentier menant à Verdagne se faufilait entre les sapins, Colombet s'arrêta devant l'ancienne maison de César. Il y avait encore, pas complètement pourrie par la pluie, une chouette clouée sur la porte. Hippolyte ricana : l'animal n'avait pas empêché le malheur de s'abattre sur le pays. Du bout de son bâton, il fit sauter les restes de l'oiseau.

Au premier effort, la porte céda. Sur la fenêtre, dans un verre, des violettes desséchées rappelaient un soir des printemps passés. Une image pieuse jaunissait au-dessus de l'âtre. Le visiteur cracha sur le plancher : Chènnebrun, il le haïssait plus que les autres, parce que celui-là, s'il avait voulu, pas un ne serait descendu.

Un bruit de cloches à peine sensible glissa sur les branches. Colombet sut que l'Angelus venait de sonner dans la vallée et qu'il devait se hâter.

Un peu avant Verdagne, Hippolyte longea la demeure du Moulédous. Le vieux estimait le Julien pour tout ce qu'il savait de la terre, des bêtes, des arbres, mais il lui en voulait de descendre encore à Rustande, d'y avoir des amis. Toutefois, parce qu'il était plus de midi et qu'il avait faim, Colombet frappa à sa porte. Julien ouvrit. Hippolyte se dit qu'il ressemblait à ces grandes bêtes lentes, lourdes et fortes — les ours — qu'il avait vues, un jour, sur des affiches en couleurs, à Rustande où devait se produire un cirque. Colombet n'avait pas pour habitude de se perdre dans des salamalecs inutiles. Il se contenta d'annoncer :

— C'est moi.

Le Moulédous hocha la tête.

— Je vois... Pourquoi t'es là ?

— Je remonte de Rustande.

— Je t'ai entendu passer au petit matin.

— Comment t'as su ?

Julien haussa les épaules.

— Tu marches pas pareil que les autres, et les autres, ils marchent pas pareil que toi. T'es venu pour me dire quoi ?

— Quand j'aurai mangé un morceau.

— Entre et assieds-toi que.

Avec un soupir d'aise, Colombet prit place sur le banc qui servait de siège et allongea ses jambes sous la table. Il avait plus de septante et ces grandes courses dans la montagne lui devenaient pénibles. Et penser qu'il s'était imposé ces fatigues pour trouver un mur à la place de la Jeanne. Vingt dieux ! En l'entendant jurer, Moulédous, qui préparait de la farine de châtaignes pour faire des « matefaims » s'arrêta pour demander :

— Que t'as, mon Hippolyte ?

— Tout à l'heure.

Julien connaissait le bonhomme de trop loin pour savoir qu'il ne parlerait pas tant qu'il n'en aurait pas envie. Ils mangeaient les matefaims tandis que, dans une grosse marmite accrochée à la crémaillère, Moulédous avait mis à réchauffer la soupe aux choux du petit déjeuner. Ils achevèrent leur frugal repas avec un fromage de chèvre à la couleur ambrée et qui était sec comme un champignon de souche après deux ou trois saisons. Ils burent l'eau d'une source coulant dans un trou d'herbes juste derrière l'écurie vide depuis longtemps et, pour se donner du cœur au ventre, une bonne goutte de gnole. Hippolyte se passa le dos de la main sur la bouche et s'enquit :

— Tu descends toujours chez les salauds ?

Julien n'avait pas besoin qu'on lui expliquât de qui il était question.

— C'est pour la messe et les commissions... J'aime bien l'église, je m'y plais presque autant que dans la forêt.

— Alors pourquoi que t'as pas foutu le camp avec eux autres ?

Moulédous réfléchit longuement car c'était là une question qu'il s'était déjà posée — et souvent — sans pouvoir y répondre.

— Je ne sais pas trop... Peut-être à cause de tout ça...

Son geste large engloba le cadre étroit où il vivait et, au-delà des murs, la forêt, les champs, le ciel, son univers, quoi !

— Tu te rappelles ma sœur, Jeanne ?

— Celle qui avait marié un d'Aurillac ?

— Ouais.

— Je ne la vois plus très bien. J'étais gamin quand elle est partie...

— Eh ben, mon Julien, je vas t'apprendre une chose que c'est pas pensable !

Par-dessus la table, le vieux tendait son visage ravagé et les muscles de son cou maigre saillaient, pareils à des cordes.

— Ils m'ont volé la Jeanne !

Julien ne répondit pas tout de suite. Il essayait de comprendre. Il n'y parvint pas.

— Ça veut dire quoi, ce que tu racontes ?

— Ça veut dire que ce matin, quand je me suis rendu sur la tombe de Jeanne, comme tous les ans, j'ai pas pu.

— T'as pas pu ?

— Non, parce que maintenant, y a un mur !

Le Moulédous perdait pied.

— Où c'est qu'il y a un mur ?

— A la place de ma sœur !

— Nom de Dzi !

— Paraît qu'ils avaient besoin de l'endroit pour leur sacré mur. Alors, les fumiers, ils ont enlevé les restes de la Jeanne et ils les ont foutus dans un trou avec les os des galvaudeux qu'on connaît pas et qui sont venus crever par chez nous. Je sais même plus où elle est, la Jeanne, à cette heure...

Julien ne pouvait que répéter :

— Ça, alors... ça, alors... ça, alors...

Colombet regardait son hôte avec un rien de mépris. Bien sûr qu'il était brave, le Moulédous, mais pas possible de compter sur lui pour serrer les poings et cogner. Le vieux écarta le banc, se leva.

— Maintenant, faut que je continue... A te revoir, petit.

— A te revoir, Hippolyte.

Moulédous accompagna son hôte jusqu'à l'entrée du

chemin conduisant vers le col. Par politesse, avant de s'enfoncer sous les arbres, Colombet se retourna et cria : « Salut ! »

De la maison du Moulédous à Verdagne, on en a pour une grosse demi-heure, parce que ça grimpe. Le vieux montait d'une allure régulière apprise presque en venant au monde. Il ne faut jamais se presser en montagne, ni forcer ses muscles et surtout on doit ménager son souffle. En dépit de son âge, Colombet eût laissé plus d'un jeunot sur place.

Verdagne est un hameau accroupi dans une grande clairière entre deux fronts de sapins rangés comme jadis les « batailles » des guerres médiévales. On dirait qu'elles n'attendent qu'un ordre pour se ruer les unes contre les autres. A Verdagne, on n'est vu de personne et on ne voit personne. On y vit un peu en sauvage, du bois et des bêtes. Les vaches y sont énormes et d'un brun-noir avec une sorte de légère toison laineuse sur les épaules et le poitrail. Dans la vallée, on parle des bœufs à tablier de Verdagne.

Quand Hippolyte arriva à Verdagne, les hommes étaient dans la forêt et il eut bien de la chance de rencontrer le Toine Marsoulas qui s'en revenait, ayant cassé le manche de sa cognée. Un garçon fort et silencieux, à la manière de tous ceux du coin. Il ne se hâta pas le moins du monde en apercevant le vieux et il attendit d'être tout près pour le saluer.

— Alors, te v'là par chez nous, pépé ?

— Je viens de Rustande.

— Une sacrée course pour un vieux... Un de ces jours, on te trouvera raide dans les bois.

— Ne t'occupe, Toine... J'ai un service à te demander.

— Si je peux ?

— Tu dis aux hommes de se rassembler à neuf heures dans le pré de la Galipote.

— Pour quoi faire ?

— Je veux leur causer.

— Ah ?... C'est grave ?

— Pire, mon Toine, pire !

***

Pour gagner Beauzères, on devait franchir le col, puis tourner à main droite, piquer à travers un bois de pins et grimper parmi des prés où l'eau chuchotait sous l'herbe.

Au col, l'Hippolyte eut sous les yeux le même spectacle qu'il avait eu le matin, quand il s'était arrêté pour contempler la vallée. Mais ici, on se trouvait tellement haut, tout ce qui était en bas paraissait si menu, qu'il fallait vraiment le vouloir pour y attacher de l'importance. La Seuille semblait un fil d'argent. Cela n'empêcha point le vieux de grommeler des injures et de lancer un caillou dans le vide, sur Rustande.

A la bifurcation des sentiers dont l'un mène à Espalenc, Colombet hésita : devait-il aussi alerter les gars d'Espalenc ou filer le plus vite possible vers Beauzères ? Le soir s'avançait. Passer par Espalenc le retardait bien de deux heures, d'autant plus qu'il était fatigué. Hippolyte ne savait que décider et puis ces gens d'Espalenc, on ne les fréquentait pas beaucoup. Ils appartenaient à une autre région, ils dépendaient d'une autre vallée — celle de la Méouze — et

Rustande, ses morts et ses vivants, autant dire qu'ils s'en foutaient. Des hommes solides, un peu sauvages, les gars d'Espalenc. Ils vivaient uniquement de leurs vaches et ils sentaient toujours le fumier et le lait suri. Évidemment, s'ils voulaient marcher avec lui, Colombet ne doutait pas de la victoire, mais comment les prévenir ? A cet instant, le tintement d'une clochette lui fit lever les yeux. Se découpant sur le ciel, une chèvre le regardait en mâchonnant des mélilots. L'Hippolyte poussa un gros soupir : si les chèvres étaient là, le Benoît Machuret ne pouvait se trouver loin et Benoît était d'Espalenc.

Consolidant les espoirs du vieux, une voix appela la chèvre :

— Phigénie ! tu t'amènes un peu, bougre de garce ?

En même temps que la bête disparaissait dans un bond, Machuret se montra. Il avait une tête de plus que Colombet, avec une barbe noire à reflets bleutés qui lui mangeait la figure.

Ils se hélèrent de loin :

— Oh ! Hippolyte ! putain de rien ! si je m'attendais ... Qu'est-ce que tu fabriques dans ce coin ?

— Je rentre à la maison, et toi ?

Du menton, Benoît montra les bêtes.

— Je fais bouffer ces folles.

— Dis donc, petit, tu te rends compte que c'est notre herbe qu'elles mangent ?

— Tu crois ?

— J'en suis convaincu.

— Eh ben ! parole, j'aurais pensé que c'était encore chez nous, par là.

Tous deux rirent paisiblement du mensonge. Tout le monde savait, dans la montagne, qu'il n'y en avait pas un capable d'en remontrer au Machuret pour les limites cadastrales des particuliers et des communes.

Alors, ils s'avancèrent l'un vers l'autre et se serrèrent la main. Ils s'estimaient, étant de même race, dure et rusée.

Hippolyte, qui voulait savourer son récit, commença par s'enquérir du lait des chèvres et de la femme du Benoît, récemment accouchée pour la septième fois. Machuret répondait avec une grosse voix qui perçait difficilement sous l'épaisse barrière des poils : la vie devenait plus dure de jour en jour et ces gosses qu'il fallait nourrir et qui mangeaient, mangeaient... Benoît poussa un soupir et conclut :

— Vivement qu'on soye au cimetière ! Y a qu'aux morts qu'on fout la paix !

— Pas sûr, petit, pas sûr !

— Qu'est-ce que tu racontes ?

Le vieux sentit le moment propice : par petits coups, l'épaule contre l'épaule du Benoît, il lâcha son histoire. En l'écoutant, l'autre tirait sur les jointures de ses doigts, jetant parfois un « putain de rien » qui faisait remuer les oreilles des chèvres.

Quand il eut bien tout expliqué, Colombet dit :

— On peut pas leur permettre ! t'es bien d'avis ?

— Faut avouer que c'est pas chrétien !

— Alors, tu demandes à ceux d'Espalenc de s'amener sur les neuf heures au pré de la Gapilote.

— Celui du Morvache ?

— Oui. Tu les avertiras que j'ai à leur causer.

— Et s'ils veulent pas venir ?

— Ils viendront.

— Pas sûr... parce qu'entre nous, pépé, et sauf le respect qu'on leur doit, les défunts de Rustande, on les connaît pas, ils sont pas de chez nous.

— Tu te trompes, Benoît. Tous les morts de la montagne sont des nôtres. C'est pour ça qu'on peut pas leur permettre de nous les voler !

Machuret passa les doigts de sa main droite dans sa barbe.

— A mon idée, vieux, t'aurais quasiment raison...

Il se leva.

— D'accord, je leur parlerai, mais je promets rien.

— Fais seulement, mon Benoît.

Machuret rassembla ses chèvres, puis le troupeau et l'homme s'engagèrent sur la pente, tandis que Colombet se hâtait vers Beauzères.

3

Il n'y avait presque pas de lune et il fallait bien connaître les lieux pour se diriger. Une petite bise s'était levée au coucher du soleil et faisait voleter les pans des pèlerines portées par ceux venant au rendez-vous de Colombet. En passant dans la forêt, le vent se déchirait aux branches et le bruit qu'il menait en aurait effrayé plus d'un si l'on n'y avait pas été habitué dès l'enfance.

Hippolyte vivait seul depuis que sa Mélie était morte, quatre années plus tôt. Il ne la regrettait pas parce qu'il lui en voulait de l'avoir laissé. Il était persuadé que, si elle s'était cramponnée à la vie, elle serait encore là. Mais la Mélie ne s'était jamais consolée de la mort de ses garçons et elle s'était abandonnée à la montagne qui avait fini par la tuer avec le froid et le silence. Il faut des caractères solides pour tenir le coup dans le brouillard et la neige. Mélie était une molle.

Avant de quitter sa maison qui — elle aussi — s'en allait par morceaux (il n'avait plus la force de la réparer et pour qui l'aurait-il fait ?), le vieux trempa un quignon de pain dur dans un bol de lait. Sa bouche édentée mâchouillait longtemps le pain et se contentait de laisser fondre entre la joue et les gencives (à la façon d'une chique) le morceau de fromage, desséché par l'âge, dont il terminait son frugal repas.

Restauré, Hippolyte s'enveloppa dans sa houppelande, se coiffa du chapeau sans forme ni couleur qu'il ne quittait que pour se mettre à table ou au lit et sortit sans se soucier de vérifier si la porte était ou non fermée.

Le pré de la Galipote se situait au nord du village, presque au col, dans une sorte de combe où l'on était à l'abri du vent. Colombet, aidé par le Toine Marsoulas, avait fait un grand feu dont l'odeur plus que la vue devait guider les arrivants. Les hommes de Beauzères avaient naturellement rejoint le vieux les premiers. Enveloppés dans leurs longues pèlerines qui sentaient le suint, ils entouraient celui qu'ils écoutaient depuis toujours. Il y avait là le Toine Marsoulas, qui était revenu de la guerre avec un œil en moins, le Pierre Tarvon qu'un éclat de schrapnell faisait claudiquer et qu'on appelait Brinquetaille, le Jean Corcelles, surnommé Jean du Fils et Barthélemy Planet, le propriétaire du champ où avait lieu la réunion. On lui disait « Morvache » sans que personne ait jamais su pourquoi. Ceux-là, c'était les fidèles. Quelques autres leur avaient emboîté le pas, des jeunes qui n'avaient pas fait la guerre. Personne ne parlait. L'éclatement des branches sèches et des pommes de pin ou de sapin brisait le silence. Dans l'obscurité, sans qu'on pût deviner qui parlait, on demanda :

— Vous croyez qu'ils viendront ?

Brinquetaille répondit avec foi :

— Du moment qu'il leur a dit.

Le vent, pointu comme une lame, pénétrait sous les vêtements, amenant de longs frissons. Tantôt le feu bondissait, détaché du foyer, tantôt au contraire, une force invisible couchait les flammes sur le sol. La bise ayant cessé un instant, on entendit l'écho d'une chanson qui venait de l'est.

— Espalenc..., prévint quelqu'un.

Bientôt, un piétinement confus emplit le silence et, sans qu'on ait eu le loisir de la voir s'approcher, une masse sombre entoura le feu.

— Qui vous êtes ?

— C'est moi, pépé...

— T'as amené les amis, Machuret ?

— Ils sont que cinq parce que, comme je t'ai expliqué, ça les regarde pas tellement.

— Asseyez-vous ! on espère les autres de Verdagne.

— Il faut le temps, ça grimpe.

— Sûr...

Il y eut un tassement sourd, des grognements et l'odeur de suint, plus forte, grimpa dans l'air. Ce n'est qu'au bout d'un long moment que, tendant le cou, Morvache lança :

— Écoutez voir...

Ils prêtèrent l'oreille et, dans le creux du vent, ils attrapèrent une rumeur qui montait vers eux. Le bruit devenant plus net, ils tournèrent la tête du côté du sud et, de la nuit, sortit la troupe de Verdagne. On en comptait une douzaine. Jules Bonnevaux les menait.

Le foyer devenant trop petit, on apporta un pin mort que

l'on mit au feu d'un seul coup. Avec un mugissement, la flamme monta à plus de trois mètres.

L'Hippolyte se gratta longuement la gorge.

— Je vous ai dit de venir pour vous raconter ce qui se passe en bas...

On cria :

— En bas, y a que des salauds !...

Le vieux continuait :

— Je suis été à Rustande, ce matin, pour la tombe de la Jeanne... Certains de vous autres l'ont connue, la Jeanne, hein ?

— Une bonne fille, remarqua Machuret.

— Une bonne fille et tout, affirma Colombet, et je vous demande : est-ce qu'on a le droit de ficher les morts en dehors des coins où ils dorment ?

Un grognement répondit.

— C'est pourtant ce qu'ils ont fait... La Jeanne et le Sébastien Jalon... Ils les gênaient pour leur saloperie d'usine... On les a mis dans un trou avec ceux qui n'avaient personne pour les défendre... Et à la place des croix, il y a un mur...

Le vieux s'arrêta. Dans le silence, on entendit la colère des hommes haleter. De nouveau, la voix d'Hippolyte, grinçante et sèche, s'éleva :

— Moi, je dis : c'est assez !... Ils nous ont trop fait de misères, sans qu'on se défende... Ça peut pas durer !

Timidement, Mathieu Sarasson qui vivait avec ses vaches, dans une cabane à une demi-lieue de Beauzères, s'enquit :

— Des fois, t'aurais pas une idée... ?

On sentait que celui-là, il avait perdu l'habitude de parler, sa voix ayant des éclats brusques qu'il ne pouvait réprimer.

Colombet attendait qu'on lui posât cette question :

— Une supposition qu'on descendrait, un matin, leur montrer qu'on n'est pas des enfants et que s'ils savent saccager des cimetières, nous saurions tout foutre en l'air dans leur garce d'usine ?

Ce qu'il proposait était grave... Hippolyte sentit les résistances. Il insista, finaud :

— La Jeanne, pauvre... Elle qui aimait tant le Bon Dieu et qui avait demandé qu'on lui froisse pas sa robe en la mettant dans le cercueil... Ils l'ont foutue dans un trou, à grands coups de pelles, si ça se trouve... Des restes de chrétienne, ça compte-t-il pour eux ?

Il y eut un grand silence. Toine Marsoulas se leva, imité par tous ceux de Verdagne.

— Ça se pourrait faire... Salut !

Puis ceux d'Espalenc pour qui le Claude Piachou parla :

— A te voir, Colombet... on est avec toi, comme de juste...

En s'étirant, l'Hippolyte et ses amis rentrèrent dans Beauzères. L'un d'eux, avant d'abandonner la place, écrasa le feu sous son soulier.

***

Toute la journée, dans les villages de la montagne, des femmes s'étaient montrées intriguées par le manège de leur époux ou de leur frère. Elles les avaient vus préparer les vêtements qu'ils mettaient pour aller à la chasse sans, pour autant, paraître se soucier de leurs fusils. Stupéfaites, elles les avaient surpris soupesant des manches de pioches. Les gars qui, d'ordinaire, parlaient peu, parlaient encore moins. A toutes les questions, ils répondaient :

— T'occupe pas !

Et sur un ton qui vous ôtait l'envie d'insister. A la nuit tombée, les hommes étaient montés se coucher sitôt la soupe avalée.

— Tu serais pas malade, des fois ?

— Non.

— Alors, pourquoi que tu...

— T'occupe pas !

Quand elles avaient gagné la chambre à leur tour, elles s'étaient glissées dans le grand lit conjugal auprès de leur compagnon profondément endormi. Au petit matin, elles les avaient vus se lever et descendre à la salle basse où elles les avaient suivis.

— Tu veux que je te fasse chauffer le reste de soupe ?

— Non, un bout de lard et un canon, ça suffira.

Elles les avaient servis en chemise de nuit.

— Tu peux me dire où tu vas ?

— T'occupe pas.

Elles avaient écouté leurs pas décroître sur les chemins qui, tous, menaient vers la vallée. Alors, parce qu'elles n'y comprenaient rien et qu'elles étaient inquiètes de ne rien comprendre, elles s'étaient agenouillées devant le Christ protégeant le lit et avaient prié de toute leur force, de toute leur foi pour demander au Bon Dieu et à la Vierge de les protéger contre quelque chose qu'elles ignoraient. Puis, comme toujours, en pareil cas, elles étaient allées les unes vers les autres pour commenter l'événement qui les plongeait dans une commune angoisse. Cependant, ignorant la vraie cause de leurs soucis, elles ne pouvaient que se perdre dans des discours inutiles. Même la Louise Corcelles, une rusée pourtant, ne dit pas autre chose que sa certitude que l'affaire venait de l'Hippolyte Colombet. On en profita pour dauber sur le vieux que les plus jeunes tenaient pour un peu sorcier.

A trois heures du matin, Beauzères s'était trouvé vidé d'une partie de ses hommes. En cet instant, Verdagne et Espalenc aussi voyaient un phénomène identique se produire, sans que pas une de celles qui restaient puisse expliquer à quoi rimait cette ruée des mâles hors des hameaux, sur les chemins de descente.

Les vieilles se mirent à raconter que dans les temps, les mauvais esprits de la forêt — la charasse et la charabucle — mettaient dans l'air des poudres qui rendaient les hommes fous, ce dont les génies profitaient pour venir attaquer les femmes et les filles. Ce jour-là, plus d'une s'échina au travail sans y trouver le moindre plaisir, car elles avaient la tête barbouillée de sortilèges et de maléfices. La lune éclairait le pays doucement. A la bifurcation des sentiers menant à Beauzères ou à Espalenc, l'Hippolyte, en avance, attendait. Dans sa pèlerine, il ressemblait, par son immobilité, aux arbres qui l'entouraient. Le vieux écoutait. Il avait si souvent dormi en plein champ que l'ombre ne gardait plus de secrets pour lui. A intervalles réguliers, d'en bas, montait le bruit clair d'un choc sur les troncs : le pic-vert commençait son travail d'épouilleur. Un frôlement soyeux dénonçait le vol fou d'une chauve-souris. Le glapissement aigu d'une taupe en amour sembla jaillir du sol. Colombet respirait avec joie cette atmosphère familière. Un parfum de foin coupé glissa sur l'air, bientôt remplacé par une forte senteur de résine, le vent tournait et, passant par les pins de Beauzères, en apportait l'odeur.

La troupe de ses amis de Beauzères lui arriva dans le dos sans qu'il se retournât. Depuis longtemps, le vieux discernait la rumeur de leur marche et par-dessus ce bruit, écoutait d'autres bruits. Morvache se mit à côté de lui, ses compagnons, sans parler, s'appuyèrent sur leur bâton : l'endroit retrouva son silence.

Lorsque Machuret et ses compagnons d'Espalenc furent là, on se mit en route à pas lents et sûrs. Il était rare qu'une pierre roulât. A Verdagne, Marsoulas se joignit à la troupe avec ceux qui avaient promis de venir. Une voix de femme demanda :

— Où c'est que vous allez ?

Une autre cria :

— C'est pas de raison !...

Mais Colombet, Marsoulas et Machuret marchaient à la tête d'un troupeau de haines qui se souciait peu des femmes. Le premier, pour qu'on le suive, l'Hippolyte se lança dans la nuit, vers la vallée.

***

Solitaire, habitué à se passer des autres, Moulédous vivait dans la forêt devenue, pour lui, une sorte de refuge. Il en savait tout et lorsqu'un arbre deux ou trois fois centenaire mourait — le plus souvent abattu par le vent ou écrasé par la neige — il en souffrait comme de la perte d'un parent ou d'un ami. Un arbre met longtemps à mourir et, quand il s'agissait d'un de ces sapins géants qu'il connaissait depuis l'enfance, il passait près de lui de longues heures, le caressant, le consolant. C'est parce qu'on l'avait surpris à ce manège que Julien passait pour un peu demeuré.

La nuit, dans sa cabane isolée, Moulédous dormait paisiblement. Il n'avait pas peur. Il savait que tout ce qu'on raconte sur les loups-garous, la bête pharamine, les jeteurs de sort ne sont que des menteries pour effrayer les gens et tenter de leur prendre leurs sous. Il savait encore que dans les ténèbres, les bêtes s'entre-tuent pour vivre. Mais ça, ce sont pas des histoires qui nous regardent. Julien connaissait l'origine de tous les bruits, de tous les échos venant à lui à travers l'épaisseur de cette multitude d'arbres. Pourtant, ce matin-là, il fut tiré de son sommeil par une rumeur étrange, sourde et se prolongeant. Assis sur son lit, il prêta l'oreille, essayant de comprendre : l'orage souffle plus fort et la nuit, d'ordinaire, ne respire pas aussi épais. Dehors, le chien gémissait. Ça venait du côté de Beauzères, on aurait dit... Ça ne ressemblait pas à l'avalanche d'il y a vingt ans où le neveu des Biganon avait été emporté. C'était plutôt quelque chose qui se gonflait, un peu comme le halètement d'une bête puissante qui retiendrait son souffle. Le chien pleurait à petits coups. Maintenant, on aurait pu croire que la forêt tout entière respirait, oppressée. Le Moulédous se leva, passa son pantalon, enfila son gilet de grosse laine, glissa deux cartouches dans son fusil et ouvrit la porte. Avec un jappement de terreur, Flanelle se colla dans les jambes de son maître et n'en bougea plus ; de la main, Julien essaya de le calmer.

Décidément, le bruit venait d'en haut, le Moulédous en était sûr à présent. Il alla s'embusquer derrière un massif de genévriers d'où il découvrait le chemin de Verdagne. Soudain, il crut à une hallucination : le chemin marchait, ou mieux se soulevait par vagues. Julien se frotta les yeux et récita rapidement un Ave à Notre-Dame de la Bonne Mort, par précaution. Posant son fusil sur une branche fourchue, il l'arma. Les vagues du sentier se firent plus hautes. Une odeur de mouton enveloppa le Moulédous qui se rejeta brusquement en arrière, car il venait de comprendre que c'était des hommes qui lui arrivaient dessus. Il eut le temps de reconnaître le Colombet, mais le reste lui passa sous le nez si bien emmitouflé qu'il ne put placer un seul nom. A juger par leur masse, il pensa qu'ils devaient être une trentaine. Sans savoir pourquoi, il se mit à trembler, tellement cette ruée silencieuse l'effrayait. Le dernier, qu'à son clopinement il crut être Brinquetaille, était déjà loin qu'il écoutait encore, les oreilles pleines du bruit de son cœur.

L'aube commençait à dégager la pointe des sapins au moment où ceux d'en haut parvinrent à Lavillerie. Ils s'y arrêtèrent. Pour fortifier leur colère, Hippolyte leur montra le cimetière en bas. Ils s'accroupirent pour manger le pain et le fromage qu'ils avaient emportés de chez eux.

Reposés, ils rangèrent soigneusement leurs manteaux sur le seuil des maisons, n'en ayant pas besoin pour ce qu'ils se proposaient de faire.

***

César venait de partir pour l'usine. Depuis qu'ils s'étaient installés à Rustande, la Berthe avait repris ses manières de Lavillerie. Elle se levait en même temps que son mari et, pendant que celui-ci se lavait (il ne se rasait que deux fois par semaine), elle préparait le petit déjeuner, attendant que son homme soit parti pour vaquer aux soins du ménage. Ce matin-là, elle venait de refermer la porte sur son époux et, s'étant noué un mouchoir sur les cheveux (depuis qu'elle était de retour dans la vallée, elle avait retrouvé un peu de sa coquetterie d'autrefois, d'avant sa rencontre avec César), elle empoignait son balai avec lequel, après les avoir rassemblées, elle poussait dehors les menues saletés qu'on traîne avec les sabots et les souliers. Berthe, sur son seuil, tapotait son balai sur le mur pour le nettoyer grossièrement lorsqu'elle les vit déboucher. Sur l'instant, elle ne comprit pas, mais lorsqu'elle aperçut leurs visages, elle se précipita dans sa maison et poussa le verrou. Elle ignorait tout de la tombe violée, mais elle devinait que ceux-là avec leurs figures dures et leurs bâtons apportaient le malheur avec eux. Les dents serrées, elle les écouta passer.

***

César n'avait pas oublié la guerre et, tout en marchant, il sifflait la Madelon. Il reprenait son souffle lorsqu'il entendit un grand piétinement dans son dos. Il se retourna et s'arrêta, les jambes molles, ne sachant que faire. Lorsqu'ils furent à sa hauteur avec la gueule du Colombet par-devant, il eut peur pour eux et pour ses amis. Il essaya de les appeler, tendant les bras :

— Écoutez, les hommes...

Il n'y eut pas de réponse. Simplement, quand ceux de la montagne étaient au moment de le toucher, ils s'écartaient. César ressemblait au rocher contre lequel le flot se divise pour se reformer derrière lui. Il resta seul au milieu de la route. A travers les dernières maisons, la troupe coupait en deux la vie de tous les jours. Sur leur passage, on se taisait. On ne recommençait à parler que lorsqu'on était sûr qu'ils ne pouvaient plus entendre.

Les Piémontais qui habitaient le plus près de l'usine, en les voyant, se mirent à rigoler et l'un d'eux, dans sa langue, dit quelque chose en montrant Brinquetaille, mais Tarvon le regarda en plein dans les yeux et l'autre se tut.

Le concierge ne voulut pas ouvrir la porte de l'usine. Jean du Fils le prit par sa veste, tranquillement, et le flanqua dans la Seuille où il se mit à hurler, de l'eau jusqu'aux épaules.

Dans la cour de l'usine, ils s'arrêtèrent, désorientés. Pendant qu'ils hésitaient, les Piémontais et ceux de Rustande arrivèrent. Prévenu, le directeur, M. Ponchot, accourait. Il essaya de parlementer. En réponse, l'Hippolyte, avec son bâton, cassa la vitre du poste d'incendie. Sur un signe du patron, les Italiens — au nombre d'une quarantaine — se ruèrent sur les Rustandois qui ne bougèrent pas.

La mêlée fut courte. Très vite, les étrangers plièrent. Ils n'étaient pas de taille. Dans un coin, malgré sa force, le

Pietro Tomasi reculait devant Morvache. Lentement les hommes d'en haut avançaient vers l'atelier principal. Affolé à l'idée des dégâts qu'ils allaient y commettre, le directeur se tourna vers ceux de Rustande.

— Vous serez contents, hein, si demain on ferme l'usine ? Avec quoi mangerez-vous ? Nom de Dieu ! je vous flanquerai tous à la porte pour ne prendre que des Piémontais... Et vos femmes, vous y pensez ? Avec quoi les nourrirez-vous ? et vos gosses ?

S'il n'y avait eu les femmes et les gosses... Mais, ils y étaient et attendaient la paie pour vivre. Avec un gros soupir, César fit un signe : sans haine, sans colère, les Rustandois se mêlèrent à la lutte. Ils étaient plus de cinquante et d'une force égale aux montagnards qui durent reculer. Et puis, les gars de Rustande, échauffés, prirent goût à la bataille. D'une ruade, le Machuret avait abattu Roquefeuille, mais César, d'un coup de poing, avec son « han !... » d'ancien bûcheron, lui fit éclater les lèvres. Les jurons des Piémontais remplissaient l'air, tandis que dans son bureau, accroché au téléphone, le directeur suppliait Brazons d'envoyer ses gendarmes. La poussière qui montait assoiffait les hommes meurtris. Les bergers durent sortir. Seuls, Machuret, Piachou, Marsoulas et Brinquetaille s'accrochaient pour ne pas être jetés dehors. Dans un angle de mur, César avait empoigné Colombet et l'étranglait. Le vieux, du sang plein les yeux, cria :

— Tue-moi, assassin de pays... Détrousseur de morts !...

César regarda le visage d'Hippolyte. Sans qu'il sût pourquoi, il se persuada que c'était toute sa jeunesse qu'il était en train de tuer. Une grosse honte le submergea. Il lâcha prise. Les mots que l'autre venait de lui lancer le laissaient sans force. Négligeant de rendre les coups reçus, César traversa la mêlée pour aller s'asseoir à l'écart, remâchant les injures : « Assassin de pays !... Détrousseur de morts !...

Enfin, le dernier assaillant fut repoussé. Sur l'ordre de M. Ponchot, on ferma les portes et les Piémontais, à travers la grille, insultèrent les vaincus.

***

Quand les bergers repassèrent devant sa maison, Berthe vit que Colombet pleurait.

***

César n'avait pas voulu aller boire avec ses copains. Sur la route, il avançait sans regarder personne. A grands coups de pied, il poussait une pierre devant lui et secouait sa main dont les doigts écorchés lui cuisaient. En cognant sur la bouche du Benoît Machuret, il avait dû toucher les dents. Le Machuret avec qui il guettait le passage des grives et des ramiers à l'automne... Il se souvenait de la douceur des attentes, le soir, au fond de la cache, le regard perdu dans un coin de ciel, entre les branches.

Il avait frappé Machuret. Le Benoît devait grimper dans la montagne avec la douleur de sa bouche meurtrie. A quoi pouvait-il penser ? César eut envie de courir, de rattraper les bergers et de leur tendre la main, sans parler. Ils comprendraient… Ils comprendraient que ce n'était pas lui qui avait cogné, mais le directeur avec l'angoisse des femmes et la faim des gosses dont il avait saoulé les Rustandois. Mais César eut peur des yeux du Colombet. Une larme, coulant sur son nez, l'énervait. D'un revers de la main, il l'essuya.

Le mari de Berthe ne se rappelait pas avoir éprouvé une pareille impression de lassitude et de dégoût. Quand son petit Francis agonisait peut-être… quoique ce ne fût pas la même chose. Il s'était battu contre la maladie de son garçon, épaulé par les autres, ceux-là que maintenant… Misère !… Lorsque le gamin avait été descendu dans le trou et qu'Étienne Corbin eut jeté dans la fosse la première pelletée de terre, César avait levé les yeux. Il les avait vus, Machuret au premier rang. Sa douleur, il en avait mis un peu sur chacun et on était revenu à Lavillerie, avec une grosse peine qu'on se partageait. Et maintenant, le Benoît montait avec ses lèvres abîmées…

Le matin de l'enterrement du fils, Machuret était entré et, après s'être enveloppé d'un large signe de croix, il avait embrassé la Berthe et posé sa main sur le bras du César où il l'avait laissée longtemps pour que, par sa main, son chagrin et celui de son ami puissent se mélanger.

Et César avait frappé Machuret…

***

En voyant son mari, la Berthe s'était jetée à sa rencontre de toute sa tendresse, de toute sa joie. César gardait dans ses bras le corps de sa femme dont la chaleur calmait sa fièvre. Tellement heureuse, Berthe, de le savoir de retour et indemne qu'elle n'en pouvait pas parler. César, d'un mouvement d'épaule, la détacha de lui. Alors, elle poussa un cri : un filet de sang venant du sourcil blessé partageait la figure de son homme en deux. Elle l'obligea à s'asseoir sur une chaise et lui lava le visage avec de l'eau blanche ; il refusa le verre de marc qu'elle voulait lui faire boire.

Berthe avait eu trop peur pour ne pas questionner, mais César boudait à raconter. Elle en prit son parti, se mettant à expliquer la figure du Colombet au matin avec la haine qui lui coulait des yeux, puis au retour, lorsqu'il pleurait. Brutalement, son époux donna un grand coup de poing sur la table, lui ordonnant de se taire. Étant accoutumée, elle obéit, et ce lui fut pénible.

César ne toucha presque pas au repas : l'autre pouvait-il manger avec ses lèvres tuméfiées ? Le souvenir de son geste arrêtait le vin dans la gorge de l'homme qui repoussa son assiette et sortit. Pour l'attendre, Berthe se força longtemps à rester éveillée. Elle le sentait malheureux et aurait voulu qu'il se laissât dorloter, comme le soir du petit, à Lavillerie... Elle s'endormit avant qu'il vînt se coucher.

***

César, employé à la fabrication du ciment, devait surveiller la malaxeuse. Ce n'était pas un travail assez pénible pour l'empêcher de rêver. Dans la vallée, on ne parlait déjà plus de la bataille, mais lui n'en pouvait sortir. Sitôt la machine mise en route, il s'asseyait, le regard perdu, écoutant des choses que les autres n'entendaient pas. Son appétit fameux avait disparu. A la pose, il se mettait à l'écart au lieu de rejoindre ses amis, comme avant, pour déballer les provisions.

« Assassin de pays !... Détrousseur de morts !... » Ces mots, sans arrêt, lui martelaient la tête. Il les entendait dans le bruit rythmé des engrenages, dans la voix du torrent, dans le souffle du vent, dans le crépitement de la pluie, partout.

Bien sûr, il était responsable de l'abandon de Lavillerie. Le soir où il avait lu l'affiche collée contre l'église, il n'avait pas songé tout de suite à travailler pour l'usine. Mais, justement, il y avait eu une mévente cette année-là ; les acheteurs de coupes ne vinrent pas dans la montagne et beaucoup de bois pourrit sur place. Crever de faim, alors qu'on pouvait vivre facilement, eût été une folie, et puis, c'est toujours la même chose : seul, on pouvait souffrir et se contenter de peu, mais les femmes ne savent pas endurer, les enfants encore moins... C'est pour eux qu'il était descendu. Pourquoi ne voulaient-ils pas comprendre ? D'abord, César ne savait pas qu'on abattrait les arbres et qu'on saccagerait le pays. Quand on l'avait fait, il ne pouvait plus remonter, personne ne l'aurait suivi. Pour toucher ses sous, il lui fallut travailler comme les autres. Maintenant, il se rappelait ce châtaignier, au bord du torrent, qui résista deux jours aux hommes. Les racines, pareilles à des bêtes, se cramponnaient à la terre. On dut se glisser par en dessous pour couper chacune d'elles à la scie. De temps en temps, un vaisseau claquait avec un bruit sec. César entendait encore les gémissements de l'arbre que les cordes des treuils écartelaient. Lorsque le châtaignier eut cédé, les Piémontais voulurent organiser une ronde autour de son cadavre, mais ceux de Rustande, sentant confusément que l'arbre avait résisté pour eux, avancèrent un front bas vers les premiers danseurs qui s'abstinrent.

Pour l'affaire de la Jeanne, César n'avait pas pris part. Le maire était venu au café, un jour, pour expliquer que le directeur lui demandait la permission d'entamer le cimetière pour construire une digue. Il pensait qu'il fallait accepter, parce qu'on doit préférer les vivants aux morts et protéger ceux-là, fût-ce aux dépens de ceux-ci.

César ne s'était pas rendu compte sur le coup qu'on allait sortir la Jeanne de son trou et la mettre dans un autre coin où elle serait toute dépaysée. Il comprenait fort bien la colère du Colombet. D'avoir laissé les autres agir de la sorte, il s'en voulait encore plus que des arbres arrachés, car lui aussi, il l'avait connue, la Jeanne. En fermant un peu les yeux, il revoyait la vieille femme toujours assise sur le seuil de sa maison, occupée à la broderie sur son petit « carreau » dont le jeu des fuseaux attirait les enfants. Placée au Puy dans sa jeunesse, elle y avait appris le métier de dentellière. L'époux de Berthe se souvenait encore de la Jeanne quand elle habitait Beauzères, avant son mariage, et qu'elle lui offrait, chaque fois qu'il passait devant chez elle, de ces bonbons à la guimauve appelés, dans le pays, « pâte d'escargot ». Les Rustandois, dans leur envie de l'argent, n'avaient même pas su respecter la dépouille de la pauvre vieille, les Rustandois que César avait aidés.

Bourrelé de remords, l'homme commençait à regretter sa montagne. Il n'osait pas en parler ouvertement à sa femme, mais il ne laissait pas échapper une occasion de maudire cette satanée usine dont la fumée était pire que du poison. Il affirmait qu'il étouffait et la Berthe, ne sachant où il voulait en venir, ne répliquait pas.

On n'avait plus de nouvelles de ceux d'en haut. Le directeur ne désirant pas voir se dresser une partie du pays contre lui, fit clore l'enquête ouverte par les gendarmes de Brazons. Pour remercier les ouvriers de leur dévouement à l'usine, la Compagnie remit à chacun d'eux une belle pièce de cent sous toute neuve. Cet argent gagné en dehors du travail, les femmes n'en surent rien et l'on se promit, entre gens du pays, de se réunir chez Rochejean pour boire à la bonne santé.

***

César serrait si fort sa pièce qu'elle lui creusait la paume de la main. Des bribes d'Histoire Sainte lui revenaient à la mémoire par bouffées. Il pensait à ce Judas dont sa mère lui parlait avec tant de colère. On l'avait payé pour cogner sur ses amis : cinq francs pour écraser la bouche de son copain Machuret. Avec un sanglot qui lui racla la gorge, l'homme, d'un grand geste, jeta la pièce aussi loin qu'il le put, dans la Seuille...

***

Marius avait apporté sa cabrette. Rochejean servait du vin du Rhône que les hommes buvaient à grandes rasades. Une vraie fête.

Les tables et les chaises écartées, Ollières et Francisque

Colombier dansèrent une bourrée que les buveurs scandaient en tapant dans leurs mains. Les gars, rouges comme des coqs, tournaient sur eux-mêmes, les poings aux hanches, ils allaient jusqu'au fond de l'espace laissé libre par les buveurs, en frappant le sol du talon, puis revenaient se croiser au centre. De forts danseurs ces deux-là ! Parmi les bravos, ils se laissèrent tomber exténués. Pour les remettre, on leur passa du vin qu'ils burent à la bouteille et restèrent assommés dans leur coin, l'œil vague, en suçant leurs moustaches.

Le son plaintif de la cabrette les sollicita à nouveau, mais ils n'en pouvaient plus. Comme personne ne voulait les remplacer, Rochejean proposa de chanter. On but encore un peu pour se dégager le gosier et ensemble, on attaqua :

La belle se promène
Au fond de son jardin...

La voix du Paul Clavette — qui lançait seul le couplet — se cognait aux murs, bondissait par la fenêtre grande ouverte et filait se perdre dans Rustande où elle éveillait des échos. Le chœur reprenait au refrain :

Au fond de son jardin
Sur les bords de la Loire
Au fond de son jardin
Sur les bords du ruisseau
Tout près de l'eau
Charmant matelot

Ceux qui manquaient de souffle, ayant trop crié, accompagnaient la chanson en cognant leur verre sur la table. Clavette, fier d'être l'objet de l'admiration générale, se donnait tant qu'il pouvait :

Elle vit venir une barque
De trente matelots…

et les autres braillaient, heureux du bruit :

De trente matelots
Sur les bords de la Loire
De trente matelots
Sur les bords du ruisseau
Tout près de l'eau
Charmant matelot.

La cabrette se fit plus tendre :

Le plus jeune des trente
Chantait une chanson…

Marius soufflait aussi fort qu'il le savait dans son instrument pour soutenir les chanteurs épuisés.

Chantait une chanson
Sur les bords de la Loire
Chantait une chanson
Sur les bords du ruisseau
Tout près de l'eau
Charmant matelot.

Tout heureux à l'idée d'empocher les belles pièces de cent sous, Rochejean, malgré le vacarme, surveillait les tables pour ne point laisser de bouteilles vides. La fête commençait à tourner à la beuverie. Clavette était sorti et, de l'intérieur, on l'entendait vomir avec de grands efforts qui amusaient ses copains. Brusquement Ollières et Francisque Colombier se dressèrent. Le vin les brûlait. Sous la poigne d'Ollières, la chemise de son adversaire craqua. Francisque, bien d'aplomb sur ses jambes, connaissant la force de l'autre, choisissait la place où il allait frapper lorsque César entra.

Après avoir mangé sa soupe, le mari de Berthe était parti fumer une pipe sur la route car il n'en pouvait plus. Il n'arrivait pas à dormir sans voir la figure du vieux ou la bouche du Machuret.

César marchait à grandes enjambées, sachant que, s'il s'arrêtait, il entendrait la voix du Colombet. Sans y prêter attention, il passa devant le café d'où l'écho des chansons lui parvint. Il décida de retourner chez lui, tellement il se sentait en dehors de cette joie, quand tout d'un coup, il pensa que la fête, ils la faisaient avec l'argent qu'on leur avait donné pour avoir assommé ceux d'en haut.

César rentra la tête dans les épaules, serra ses gros poings et se dirigea vers le café parce que cette idée-là non plus, il ne pouvait pas la supporter.

***

Au bruit de la porte qui s'ouvrait, ils se turent et Ollières lâcha Francisque. On s'étonna : César venait peu chez Rochejean. Dans le silence, il alla s'asseoir tout seul. Timidement, Roquefeuille s'enquit :

— Comme ça, tu viens boire ta pièce neuve ?

César ne répondit pas. Toujours la voix du vieux qui grinçait à ses oreilles. Pour dissiper l'ennui, Marius se remit à sa cabrette. Le chant repartit de plus belle :

La chanson que vous dites
Je voudrais la savoir

Ils se remirent à hurler :

Je voudrais la savoir
Sur les bords de...

Un fracas de verres brisés leur coupa le souffle. D'un geste, César venait de balayer sa table :

— Cochons !... — il hurlait à pleine gueule — Salauds !... Fainéants !...

La colère lui mettait des traînées bleues autour des yeux et près de l'oreille. Marius aimait bien César, mais quand même ! Il posa sa cabrette et demanda :

— Qu'est-ce qui te prend, César ?

— Tais-toi !... Chemineau !...

L'affront était brutal. On regarda Roquefeuille. Au contraire du mari de Berthe, il devenait tout blanc, sauf en haut des joues. Il se dressa, la bouche fermée, César le regarda bien en face et Marius se rassit en soufflant.

Maintenant, César s'avançait au milieu de la salle. Les gars le regardaient approcher, subitement dégrisés. Sa fureur entrecoupée de hoquets lui sortait du corps, par saccades.

— Vous savez comment je les ai gagnés, moi, mes cent sous ? En cassant la figure du Machuret, du Benoît Machuret, mon ami de toujours, et en étranglant le Colombet qui me faisait sauter sur ses genoux quand j'étais gamin. Ça valait bien cinq francs, hein ? Et toi, Roquefeuille, tu le connaissais Brinquetaille ? T'as pourtant donné la main aux Piémontais pour le cogner !... Et toi, Clavette, c'est-y ça qu'il t'apprenait, le Morvache, quand tu grimpais chez lui pour connaître à fabriquer les gluaux ? Je l'ai vu qui tenait un mouchoir plein de sang. Et toi, Burdignes...

A l'appel de leur nom, les hommes baissaient la tête. Chez plus d'un, cette histoire de bataille était comme une plaie mal fermée que les paroles de César rouvraient.

L'atmosphère semblait lourde, faite de toute la honte que César sortait par paquets et jetait sur les gars. L'odeur du vin, à présent qu'on n'était plus saoul, devenait écœurante.

— Ils sont remontés... Berthe les a vus passer... Le vieux pleurait et moi je dis qu'il pleurait pas de ses blessures, mais à cause...

Il s'arrêta, suffoquant. On savait bien pourquoi le Colombet devait pleurer, mais de l'entendre dire, ça les brûla jusqu'au ventre.

— ... à cause qué c'était nous qui les lui avions faites...

Marius essaya de les excuser :

— Ils nous ont attaqués...

— C'est pas vrai... Tu sais bien que c'est pas vrai !... Roquefeuille ! Que c'est pas nous qu'ils voulaient démolir...

Clavette se leva, d'un trait :

— Qui, alors ?

César les engloba d'un regard et, au milieu du silence, jeta :

— L'usine...

On n'osait plus se regarder ; on entendit encore l'homme, debout au milieu de tous :

— L'usine pour laquelle on a dérangé nos morts...

Étant le plus jeune et n'ayant pas beaucoup de souvenirs accrochés à la montagne, Jules Gabillou contre-attaquait :

— Tout ça, c'est des mensonges : la vérité, c'est qu'eux autres, ils nous en veulent...

Régis Anthème l'approuva :

— Oui, ils nous en veulent parce qu'on vit plus facile !

César tourna vers eux son front lourd :

— De quoi vous vous mêlez ?

Gabillou voulut répliquer mais il était trop petit adversaire :

— Si demain je monte à Lavillerie et qu'avec une pelle je retourne l'endroit où j'ai mis ton père, il y a cinq ans, ça te fera-t-il plaisir, Jules ?

Plus souple, Anthème voulut concilier tout le monde :

— On pouvait pas faire autrement...

D'un coup de gueule, César les obligea à le regarder :

— Si, on pouvait faire autrement !

Claude Barbanche essaya de blaguer :

— Je voudrais bien que tu dises ?...

— Il fallait pas permettre... Ils auraient pas construit l'usine !...

Pas construit l'usine... Ils chuchotaient entre eux... Roquefeuille secouait la tête comme si une mouche l'agaçait. Rageur, Gabillou demanda :

— Alors, t'aurais voulu qu'on laisse la place aux Piémontais ?

César grogna :

— On avait la montagne !

— Pour y crever de faim !...

— Y crever de faim ? Tu y es pas né peut-être ? Et ton père ? et ta mère ? Bien sûr qu'en ce temps-là, tu te mettais pas de l'odeur sur les cheveux, mais t'aurais appris à abattre un fayard de dix ans en quarante coups de cognée !...

Marius souriait, repris par les souvenirs. Gabillou, rouge de confusion, se cachait derrière Anthème. Au milieu des rires, Biganon affirma que son premier arbre, il avait mis plus de deux heures pour le flanquer à terre et encore il était tout salopé. Roquefeuille jura que le Moulédous cubait un tronc et en disait le prix, à vingt sous près, rien qu'en le regardant.

Un tourbillon de feuilles, de résine, de branches balayait les fumées de vin, dans les cervelles. César but un verre, les sentant redevenus comme avant. D'un geste, il leur imposa silence :

— Vous savez, le Moulédous ? La dernière fois que je l'ai vu, il m'a appris qu'à Lavillerie, notre cimetière était plein d'herbes et qu'on n'y voyait presque plus les croix...

Sans qu'on sût qui c'était, quelqu'un poussa un gros soupir.

— Tu te rappelles, Marius, quand on revenait du bois, et que, du bout du chemin, ton Antoinette, elle nous faisait : Oh ! oh !...

— Oui...

— Et la forêt, où qu'on était chez nous...

Les hommes sentaient leurs cœurs battre à grands coups. César ajouta :

— Je pense que celui qui laisse tomber la maison de son père, c'est un pas grand-chose...

— Sûr...

Georges Burdignes approuva. Mais Gabillou ne voulait pas s'incliner :

— C'est pourtant toi, César, qui nous as dit de descendre !

César ferma un peu les yeux. Depuis le jour de la bataille, il vivait avec cette idée... Il n'avait plus sa voix de colère, mais une voix basse qu'on n'entendait pas toujours, une voix qui demandait pardon.

— Petiot, ce que tu dis, je me le répète depuis des jours. Je croyais bien faire, c'est à cause des cinq francs... Ça m'a tourné la tête... Pour cinq francs, on a démoli le travail de nos vieux... Le châtaignier, sur les bords de la Seuille, j'ai laissé les Piémontais l'arracher, c'est pourtant sous ses branches que j'ai fréquenté ma Berthe pour la première fois... On a tout foutu en l'air... Le Colombet viendrait me cracher sur la gueule que j'y demanderais pardon... On n'a pas le droit de démolir un pays !

De vraies larmes lui coulaient sur les joues. Roquefeuille n'en pouvait plus avaler sa salive.

— César..., dit-il, César... on a été aussi salauds que toi...

4

Les femmes se mirent à pleurer quand les hommes dirent leur intention de regagner la montagne. Les filles surtout, car plus d'une, malgré les interdictions, se laissait fréquenter par un Piémontais. La Marie Roquefeuille, sans que son père ni personne n'en sache rien, était amoureuse du Pietro Tomasi. Ils se retrouvaient, le soir, derrière l'épicerie.

Les ménagères songeaient à l'eau qu'il faudrait de nouveau aller chercher dans les seilles et les provisions auxquelles on doit penser si longtemps à l'avance, et les kilomètres de mauvais chemin à seule fin d'entendre la messe ! Il y eut plus d'une gifle et plus d'une dispute dans Rustande. Depuis qu'elles avaient quitté la montagne, les femmes ne savaient plus obéir. Cependant, peu à peu, elles s'accoutumèrent à l'idée du départ, d'autant que ce n'était pas pour tout de suite. On devait d'abord remettre les choses en état, dans le village abandonné. Chaque dimanche, on voyait partir les hommes, au petit matin, et ne rentrer que le soir, fourbus, mais heureux d'avoir refait une porte, bouché un trou ou consolidé un mur. Pour remonter la maison du vieux Gray, à Lavillerie — que le temps et la mauvaise saison avaient durement traitée — ils s'y mirent tous. Moulédous leur fut d'un grand secours, car il savait les arbres à abattre. Toutefois, jamais il n'en vint un des pays d'en haut. A celles restées dans Rustande, ils rapportaient des myrtilles ou des framboises.

Un soir de juin, on décréta que ce serait pour la semaine suivante. Il y eut encore des cris, des pleurs, des supplications, mais tout rentra dans l'ordre et Pietro promit à Marie de l'aller voir à Lavillerie.

Devant la porte du directeur, César, embarrassé, tournait son chapeau entre ses doigts. Il n'osait pas frapper, ayant honte de ses vêtements pleins de ciment, au milieu de cette antichambre dont la propreté l'intimidait. Enfin, il se décida. Il entendit qu'on criait : « Entrez ! » Le cœur battant, il appuya sur la poignée.

Lorsque César avait demandé à lui parler, au nom de ses camarades, M. Ponchot s'était écrié :

— Bon ! Voilà les histoires de syndicat qui vont commencer !...

Le directeur haïssait les syndicats qu'il estimait des entraves à la liberté du travail, mais il recevait, quand même, César, étant suffisamment politique pour savoir qu'on n'arrive à rien en se montrant brutal.

— Qu'est-ce que vous voulez, mon ami ?

César se dandinait sur le parquet ciré. La veille, au café, avec les amis, il avait pourtant arrêté les termes du discours qu'il devait adresser au directeur. Il les avait rabâchés sur la route en rentrant chez lui, ce matin en venant à l'usine et, maintenant, il ne se rappelait plus.

Devant le trouble de l'ouvrier, M. Ponchot sourit de

contentement. Une victoire aisée se préparait. Il passa les pouces dans les entournures de son gilet.

— Une question de salaire ?

César secoua la tête. Qu'allait-il imaginer, ce monsieur à binocles ? C'était beaucoup plus simple et beaucoup plus difficile à dire... Le directeur s'impatienta. Pour que le triomphe fût agréable, il ne fallait pas qu'il soit remporté trop facilement.

— Je vous fais peur ?

César sourit. Peur ? Ce petit homme qu'il eût écrabouillé contre le mur d'un revers de bras ? Il se mit à rire tout haut, s'en aperçut et devint rouge...

— Enfin, quoi ? Vous avez demandé à me parler ? Je vous écoute !

César s'imposa un gros effort.

— C'est à cause de la vie...

— A cause de la vie ?

— Oui... On peut plus vivre à l'usine... Nous, nous sommes de la montagne...

Vraiment trop bête ! M. Ponchot crut à une ruse et devint très sec.

— Il vous a fallu un an pour vous en apercevoir ?

Maintenant, César était lancé. Ayant pu cracher les premiers mots, ceux qui ne voulaient pas sortir, les autres filaient derrière sans qu'il y fasse attention.

— On n'y pensait pas, comme de juste... Et puis les hommes sont venus... Ça nous a montré ce qu'on avait fait...

— Quoi ?

— Il faut pas quitter le pays...

— Alors ?

— Alors, on va remonter chez nous...

Le directeur s'amusait, mais lui-même très attaché à son sol natal — il appartenait à l'Académie régionale d'Aurillac — il lui plaisait de retrouver chez ces simples l'amour de la terre. Il se leva, prenant affectueusement César par le bras :

— J'aime mieux ça... seulement, mon pauvre ami, on ne peut pas toujours écouter ses sentiments...

M. Ponchot s'attendrissait de plus en plus :

— Moi aussi, j'aurais préféré ne pas démolir la vallée, mais la Compagnie... Enfin, vous voulez partir ? Eh bien ! partez ! On vous réglera samedi... Entre nous, votre décision m'arrange assez. Les livraisons demandées n'ayant pas été fournies, nous allons être dans l'obligation de travailler au ralenti et une vingtaine d'hommes en moins à payer, cela ne déplaira pas à ces Messieurs. Allons, au revoir, mon ami... A propos, comment vous appelez-vous ?

César redevint rouge.

— On me dit César Chènnebrun... Ma mère était une Boujouilles.

Saluant aussi poliment qu'il le savait, il sortit à reculons. Au moment où il s'apprêtait à franchir la porte donnant sur la cour le directeur le rattrapa :

— César, je suis de cœur avec vous... Vous voulez retourner dans votre montagne ? Alors, c'est que tout n'est peut-être pas fichu dans ce monde ! Seulement, l'hiver reviendra et nous réembaucherons à l'automne. Je crois que vos amis redescendront...

— Ils ne redescendront pas !

— Pourquoi ?

M. Ponchot levait vers lui un nez impertinent. César gonfla son torse d'hercule et, la voix dure :

— Parce que je le leur permettrai pas.

***

On quitta Rustande en chantant. Il faisait beau. Le vent qui caressait la vallée apportait une odeur d'herbes. Les hommes, avec des cris, encourageaient les mulets. Sans trop de jérémiades, après un dernier coup d'œil pour voir si l'on n'oubliait rien, les femmes tirèrent la porte sur un bien-être qu'elles regrettaient déjà.

On se groupa par affinités. En tête, venaient César et les Roquefeuille, la Marie toute dolente, à cause de ses amours. Derrière, en queue de convoi, le vieux Gray sifflait comme un gamin.

Le cœur serré, les Rustandois les regardaient partir. On se promettait bien de descendre, le dimanche, pour la coinchée, ou de grimper dans la montagne à l'époque des grives mais cela n'empêchait pas que les bonnes soirées chez Rochejean étaient finies. Désormais il faudrait subir les Piémontais et l'on entendrait la guitare là où chantait la cabrette de Roquefeuille.

Le maire vint saluer ceux qui partaient et tint à les accompagner jusqu'à l'endroit où le chemin s'enfonce sous les premiers arbres. Les femmes s'embrassèrent, les hommes se donnèrent des poignées de main, bien franches et bien lourdes, puis ceux de Rustande regagnèrent leur village soudain trop grand.

*
* *

En avant, César que Marius accompagnait, se sentait pleinement heureux. De temps à autre, il se retournait vers la carriole où la Teigne, en bonne mule de montagne qui ne vole pas sa nourriture, tirait à plein col. Berthe marchait à côté de la bête, chassant avec une branche de genêt les taons que la sueur de l'animal attirait. César respirait à pleins poumons l'odeur des sapins qui le grisait. Cette remontée était son œuvre. Elle rachetait la faute de l'abandon. A l'idée que, bientôt, il allait pouvoir reprendre sa hache dont il avait fait venir le fer de Saint-Chamond, ses doigts se crispaient d'impatience. Il reconnaissait chaque détour du chemin et sur chaque arbre rencontré, il savait une histoire. Roquefeuille l'écoutait en mâchonnant sa chique. Derrière eux, le brouhaha de cette troupe d'hommes et de femmes, de gosses et de bêtes, semblait les pousser. César riait de tout : un rayon de soleil se glissant entre les branches d'un sapin le mettait en gaieté autant que l'éclatement mou d'un mauvais champignon qu'il écrasait du bout de son soulier. La forêt entière participait à sa joie.

Avec les voitures lourdement chargées et les enfants, on ne pouvait aller vite. A midi, on s'arrêta à mi-chemin. Sur un geste de César, ceux qui le suivaient s'immobilisèrent. On cala les roues des voitures avec des pierres et les bêtes débridées fermèrent les yeux à l'ombre des branches. On s'assit par petits groupes, sur l'herbe où on étala les provisions. Antoinette Roquefeuille offrit un pâté dont César se régala. Pour ne pas être en reste, Berthe fit goûter une confiture que son cousin lui avait envoyée de Saint-Flour. On mangea et on but solidement à cause de la fatigue et du contentement. On leva les verres à la santé de ceux de la vallée qu'on plaignit et, une fois de plus, on se félicita de retourner vivre loin de l'usine et des Piémontais.

Dans un coin, Marie Roquefeuille, les yeux pleins de larmes, ne pouvait arriver à finir son morceau de saucisson. Elle craignait qu'en son absence Pietro Tomasi jetât son dévolu sur la Constance Prarouet, coquette comme pas une. Juste à ce moment, Marie entendit la grosse voix du César :

— ...et que j'en voie pas rappliquer un par ici, de ces Piémontais du diable ! Je le ferai redescendre plus vite qu'il sera monté !

On l'approuva avec des hurlements ; on ne pardonnait pas aux Italiens leur victoire sur ceux d'en haut ; surtout, on ne leur pardonnait pas ce qu'on avait dû faire. Marie serra les lèvres pour ne pas sangloter.

Malgré les beaux habits et les belles robes de faille, on s'étala, au mieux, pour la sieste. La chaleur et le vin assommaient tout le monde. On mit bas les vestes, on ouvrit les gilets, on enleva les cols que la sueur ramollissait. Les femmes, que la décence empêchait de se dégrafer, transpirèrent dans leurs guimpes en s'éventant avec des fougères.

***

Engourdis, les hommes, que l'appel de César avait mal réveillés, se rajustaient. A grands renforts de jurons, ils replaçaient les guides. Avec un long geignement, la colonne repartit. Le sommeil avait empâté les langues et, de main en main, on se fit passer des chopines que l'on vidait à la régalade, tout en marchant.

La pente devint plus rude, exigeant davantage d'efforts. Les gars durent pousser aux roues pour soulager les mulets. César surveillait son monde, s'arrêtant parfois sur le bord du chemin pour laisser passer la troupe devant lui, puis regagnant la tête à longues enjambées.

Les chansons ne reprirent qu'au moment où les champs, fraîchement retournés, apparurent. Ce furent d'abord ceux de Claude Barbanche. L'homme sortit de la foule, prit sa terre à poignées, la fit couler entre ses doigts en la montrant aux autres, avec de gros rires.

César, sachant les maisons derrière une avancée de la forêt, allongea le pas. Il voulait être le premier à se trouver devant le hameau. Le sentier faisait un coude ; il le suivit presque au pas de course. Brusquement, il s'arrêta. Au milieu du chemin, Colombet, Machuret et Brinquetaille l'attendaient. Le mari de Berthe ne comprit pas. Malgré lui, ses yeux se portèrent sur la bouche du Benoît dont les lèvres étaient encore enflées. Honteux, il recula, mais tous ceux qu'il conduisait l'ayant rejoint, s'opposèrent à sa fuite. César s'avança :

— Tu vois, Colombet...

Le vieux le regarda.

— Je vois...

César voulait que ces trois-là puissent bien comprendre les choses telles qu'elles étaient.

— On est remonté parce qu'on a compris... On a eu

vergogne de ce qu'on avait fait avec vous... Nous sommes revenus pour la terre...

Par-dessus sa tête, Colombet s'adressa à ceux qui encombraient le chemin :

— Quand on s'est aperçu que vous retouchiez au pays, on a voulu y foutre le feu. On pensait que vous n'aviez plus le droit... Moi, je tenais à vous voir avant... Et maintenant, je dis que puisque la sueur vous coule sur la figure, que vous êtes pleins de fatigue, c'est bien pour la terre que vous revenez... On fera amitié comme avant.

Un gros soupir monta du convoi et César embrassa Machuret.

***

Assis à califourchon sur une chaise, devant sa porte, César savourait la vie retrouvée. Ayant travaillé tout le jour dans les bois, chacun de ses gestes éveillait une odeur âcre de résine. Les yeux mi-clos, il fumait sa pipe en écoutant, venant de l'intérieur, le remue-ménage de Berthe qui préparait la soupe. Sa tête était encore pleine des craquements du fayard cédant sous la hache. Il l'avait mis bas en cinquante coups, comme autrefois. Songeant à tout cela, César riait en dedans, d'un petit rire de ventre qui le faisait hoqueter. Frissonnant sous le vent frais du soir, il rentra pour prendre sa veste. Il n'y avait rien d'aussi traître que la brise du crépuscule. Plus d'un, dans le pays, à la vouloir braver sans être chaudement vêtu, se plaint maintenant de douleurs que nul ne peut guérir.

César, de nouveau assis, écoutait la forêt. A l'approche

du soir, elle semblait se peupler, laissant couler sur la campagne l'écho de voix indéfinissables. De temps en temps, elle lâchait un ramier sur les champs : la bête d'un vol lourd allait s'abattre au bord du chemin, en quête de quelques graines, puis remontait se ficher dans les branches. César savait le nombre d'oiseaux que portent les arbres. Il aimait la compagnie invisible de ces petits êtres inquiets ; à leurs seuls piaillements, il les reconnaissait, s'attendrissait sur leurs angoisses.

L'engoulevent rentrait un des derniers au nid. Après lui, quelques retardataires se hâtaient à grands coups d'ailes. César les gourmandait pour leur imprudence. Il se passait encore un moment, puis on voyait une première lueur briller sur les hauteurs, puis une autre, et c'était bientôt une sorte de second ciel aux étoiles rares qu'offrait la montagne. Sur chaque clarté nouvelle, le mari de Berthe accrochait un nom. Il ne se décidait à rentrer qu'à l'heure où la hulotte commençait à gémir du côté de Beauzères.

***

Sous la lampe, le couvert était mis. A la place que le petit aurait occupé — au bout de la table — on posait un vase avec des fleurs. On avait ainsi moins d'occasions d'y penser par hasard et de raviver ainsi le vieux chagrin. En grognant, comme toujours, Berthe plaçait la marmite où fumait la soupe aux choux. Pour elle, d'estomac plus délicat, elle prenait un potage de riz au lait, ce qui avait pour effet, chaque soir, de faire hausser les épaules du César, ne comprenant pas qu'on puisse fortifier son corps avec de pareilles amusettes.

On mangeait d'abord en silence, pour apaiser au plus vite la première faim. Son écuelle vidée, César passait le dos de sa main sur ses moustaches, buvait d'un trait un grand verre de vin et commençait le récit de sa journée. Tout en écoutant, sa femme allait chercher le morceau de lard cuit avec le chou, le plaçait sur une assiette renversée et César y taillait une large tranche qu'il étalait sur son pain, l'y maintenant du pouce. C'était un lard gras dont il raffolait, avec un rien de rance qui lui donnait plus de saveur. Son appétit en partie calmé, le mari de Berthe mangeait lentement, s'interrompant de couper alternativement son pain et son lard pour expliquer ce que rapporterait la coupe de l'automne. Le cantal, acheté chaque semaine à Rustande, terminait le repas. Une ultime pipe, pendant que Berthe nettoyait la table, puis on montait se coucher.

Dans la montagne, au même instant, les lumières s'éteignaient une à une. Celle des Marsoulas était toujours la dernière. César s'endormait en la regardant de son lit, à travers la fenêtre.

***

Le dimanche, César se levait comme les autres jours, à cinq heures. La veille, Berthe avait sorti le costume noir, le feutre et les souliers. Tandis que son homme déjeunait d'un café où il trempait de larges morceaux de pain gris, elle enfilait sa robe à ceinture de moire et se frottait les yeux devant la glace, pour les faire briller. Avant de franchir le seuil de la maison, elle rectifiait la cravate de son époux et s'accrochait autour du cou une croix en or, qui datait de sa première communion.

Au-dehors, on était saisi par le matin. César devait porter sa femme jusqu'au chemin de Rustande, à travers les champs qui l'en séparaient, pour qu'elle ne gâtât point ses belles chaussures.

***

La dernière bénédiction reçue, tandis que leurs maris abandonnaient l'église pour se réunir chez Rochejean, et y boire une chopine de vin blanc, les ménagères allaient à l'épicerie procéder à leurs emplettes.

L'épicerie de Rustande était l'endroit dont les montagnardes rêvaient pendant la semaine. On s'y racontait tout ce qui n'intéressait pas les hommes : les fiançailles, les fréquentations, les grossesses et les maladies. On pénétrait dans le magasin par une salle transformée en café où buvaient des vieux qui venaient déjà là avant que Rochejean n'ouvrît son débit. On passait très vite pour éviter le regard des ancêtres qui, vous ayant connue petite, cherchaient dans votre allure — par égoïsme — la marque de l'âge.

Derrière s'ouvrait la boutique, une pièce étroite prenant jour par une fenêtre placée au ras d'un abreuvoir, si bien qu'il n'était pas rare — quand on oubliait de la fermer — de voir la tête d'une génisse venir se mêler impudemment aux conversations féminines. Il fallait lui donner un grand coup de balai sur le museau pour l'obliger à s'en aller, ce dont les visiteuses riaient toujours. Des boîtes de conserve de toute espèce s'entassaient sur les rayons avec des paquets de savon et de sucre. A terre, des sacs de riz. Sur une table servant de banque, la balance que surveillait la Philomène Rochejean.

La Philomène tenait l'épicerie parce que sa mère l'avait tenue, non point par désir de gagner mais plutôt par tradition et aussi pour le plaisir d'apprendre les nouvelles aux visiteuses du dimanche. Pas une épouse sur le point d'accoucher ou une vache en train de vêler que la Rochejean n'en soit la première informée, à charge pour elle d'en répandre la nouvelle à travers le pays — ce dont elle se chargeait comme d'un sacerdoce. Chez elle, les femmes se rencontraient avec des petits cris de joie et des rires qui emplissaient la maison, suscitant le ronchonnement des vieux, sur le devant. On se racontait tout, même les remèdes qu'on avait essayés afin que chacune puisse en user à bon escient.

Quand l'église sonnait la demie de dix heures, on se dépêchait d'acheter ce dont on avait besoin et avec des baisers bruyants — car elles étaient toutes plus ou moins cousines — on se donnait rendez-vous au dimanche suivant, avant d'aller relancer les hommes. Les plus hardies — les plus jeunes — se faisaient même payer un verre qu'elles buvaient debout. On s'attendait, jurant après ceux toujours en retard, puis on regrimpait allègrement dans la montagne.

***

Si le temps était beau, les hommes de Lavillerie allaient finir l'après-dîner chez l'Éclos. Quant aux femmes, la course du matin leur suffisait ; elles n'avaient pas trop de la soirée pour ranger les vêtements, mettre un peu d'ordre dans la maison et préparer la soupe.

L'Éclos habitait au cœur de la forêt, à une heure de marche de Lavillerie, sur le couchant. Comme les autres, il était descendu à Rustande, comme les autres, il était remonté. Il avait trouvé sa maison telle qu'il l'avait laissée, sauf qu'une nichée d'effraies logeait dans la cheminée. L'homme chassa les bêtes, se cala les joues d'une grosse chique et se remit au travail. On l'appelait l'Éclos parce qu'il était savetier et que dans la montagne on dit « les éclos » pour désigner les sabots. Il se nommait aussi Jean-François.

Sous la conduite de César, ils partaient à cinq ou six, grimpant d'abord jusqu'aux Égayes, un bois où, l'automne, on venait attendre le passage des ramiers. Une plantation qui appartenait à la commune. On profitait de la promenade pour marquer les arbres susceptibles d'être abattus. Régulièrement, en furetant sous les genêts, Roquefeuille dénichait un collet où gisait un lapin raidi. Il s'en emparait à la grande joie des autres, pensant à la tête du Moulédous, le lendemain, quand il viendrait visiter son piège.

Après les Égayes, on s'enfonçait à travers un taillis de noisetiers dont les chèvres, en semaine, mangeaient les branches basses. Un petit ruisseau chantait dans le fond ; on en entendait le bruit et parfois le plongeon net d'une grenouille qui s'y jetait. Le silence du dimanche coulait entre les feuilles. Le taillis franchi il fallait s'engager sur un sentier bordé de ronces où, une fois l'an, les femmes et les enfants procédaient à la cueillette des mûres qui, mélangées aux myrtilles, donnent une gelée souveraine pour les maux d'estomac et les maladies des yeux.

De très loin, à son odeur de résine fraîche et d'écorce arrachée, on devinait la maison de l'Éclos : une ancienne ferme dont la grange tombait en ruine. Un fayard poussait dans l'étable dont le toit béait ; devant la porte, un abreuvoir que fréquentaient les oiseaux habitués à Jean-François. Barrant le chemin, s'étalait toujours un arbre abattu que le propriétaire n'avait pas eu le courage de traîner jusqu'à son hangar. Sous un toit de branchages solidement enlacés, les sabots humides et d'un blanc laiteux attendaient les acheteurs.

Pour savoir où se trouvait leur ami, César criait :

— Oh !... Jean-François... ?

— Oh !... César !...

Tantôt la voix venait de la maison, l'Éclos, vieux mécréant, se souciant peu du repos dominical, tantôt elle jaillissait de la forêt où Jean-François cherchait ses chèvres.

Les biques de l'Éclos étaient connues dans toute la montagne pour leur humeur vagabonde. Bien qu'elles ne lui aient jamais rendu aucun service, le vieux les considérait comme des amies et entendait qu'elles mourussent de leur belle mort. La plus vieille répondait au nom de Fanny et sa fille — qu'elle avait eue d'un bouc avec qui elle était restée trois mois dans les bois — à celui d'Agathe. Cette première maternité dégoûta-t-elle Fanny ? En tout cas, elle ne voulut plus jamais rien savoir pour rencontrer d'autres galants et sans doute avait-elle élevé Agathe dans cette horreur du sexe fort car celle-ci, pour une fois où on lui présenta un charmant bouquetin, l'encorna si proprement et le mit en si piteux état qu'il fallut l'emmener au plus vite. Jean-François et ses deux bêtes s'entendaient parfaitement.

Quand le bonhomme était chez lui, César poussait la porte et entrait, suivi de ses compagnons. Le vieux relevait ses lunettes sur son front, lançait un jet de salive noire qui venait tomber aux pieds des arrivants. C'était son habitude, on ne s'en formalisait pas. Rituellement, la conversation s'engageait :

— On est venu te voir, Jean-François...

— Vos femmes vous ont mis dehors, donc ?

Le rire de l'Éclos ressemblait à un gargouillement et cette phrase qu'il prononçait à chaque visite l'amusait toujours autant.

— On a du tabac...

Ça aussi, c'était l'habitude. En allant voir l'ermite, on lui apportait un paquet de gris qui lui servait de chique et, si on le pouvait, un peu de vin.

— Vous êtes toujours de bons gars...

A ce moment-là, on s'asseyait, celui-ci sur un billot de bois, celui-là sur un tas de sabots à peine dégrossis ou à même le sol en terre battue. On commençait à bavarder sur le pays. De temps à autre, Fanny ou Agathe, ou les deux à la fois, entraient, avançaient au milieu des hommes leurs barbiches prétentieuses, puis repartaient au galop, en folles qu'elles étaient, poursuivies par les imprécations de leur maître qui, eu égard à ses visiteurs, se croyait obligé de les injurier.

Lorsqu'on avait parlé sur chacun, on demandait à Jean-

François de chanter. Il se laissait faire volontiers étant, par nature, de bon caractère. Il prenait des airs penchés qui faisaient se tordre ses hôtes, pour lancer : « Quand reviendra l'alouette... »

Personne ne savait exactement l'âge du bonhomme. Avec une pointe de malice, les plus vieux affirmaient que l'Éclos fabriquait déjà ses sabots alors qu'ils étaient encore des enfants. Des mensonges, bien sûr, mais qui amusaient. Quelques-uns se souvenaient de la compagne du savetier — Angélique — qui habitait à Lavillerie, une masure depuis longtemps tombée en ruine. Une extravagante, cette Angélique. Vêtue de haillons, tous les dimanches, elle coiffait ses mèches sales d'un immense chapeau de paille noire sur lequel il y avait des fleurs, des fruits et des plumes et s'en allait rendre visite à Jean-François. Un jour, on l'avait trouvée morte dans les bois. Il y en avait pour dire que ces deux-là n'avaient jamais été mariés. En tout cas, ni le registre du maire, ni celui du curé de Rustande ne portaient témoignage de cette union.

L'Éclos ne faisait jamais une allusion précise à son âge, mais par jeu, pour le taquiner, on lui demandait :

— Ça te fait combien, maintenant, Jean-François ?

Le savetier, d'un coup de langue, faisait glisser sa chique d'une joue à l'autre, avant de répondre :

— Plus que tu le crois, fils...

ou encore :

— Essaie de deviner, fils...

Et ça, c'était impossible, parce que l'Éclos, sous sa crasse, sous ses vêtements qui n'avaient plus ni couleurs ni forme, ressemblait davantage à un épouvantail qu'à un homme. César affirmait que Jean-François faisait penser à un de ces arbres morts qu'on rencontre en forêt et qui sont couchés sous la mousse et les myrtilles depuis tant et tant d'années qu'ils paraissent être devenus des pierres.

Aux premiers appels des bergers dans le soir — appels que la limpidité de l'air emportait de pâturage en pâturage, on se levait. L'Éclos tendait à chacun sa main poisseuse de résine et d'un bon pas, on repartait pour Lavillerie.

***

Au début d'octobre, la joie du renouveau fit place à l'habitude. Avec les premiers brouillards, les regrets, comme des plantes malfaisantes, se mirent à pousser. On ne s'aperçut pas tout de suite de leur présence et quand on en parla, ils étaient déjà solidement enracinés.

Les jeunes femmes se prirent à causer entre elles sur l'ennui des veillées, le froid des matins et les journées entières qu'on devait passer sans voir quelqu'un. Tout d'un coup, les seaux d'eau que l'on portait, les jours d'avant, avec de grands éclats de rire semblaient plus lourds et les porteuses, le corps plié, ahanaient sans sourire. La forêt devenait humide. On se plaignait de douleurs attrapées dans les feuillages mouillés. La bonne humeur — celle qui tient chaud — avait fui à la suite des beaux jours.

Depuis la mi-septembre, on ne descendait plus à Rustande, le temps étant toujours trop incertain. Réduits à eux-mêmes, les hommes se morfondaient. L'Éclos abandonna sa cabane, comme il faisait chaque hiver depuis la mort d'Angélique, pour descendre chez une nièce dans la vallée, sur la route de Brazons. On le regarda partir avec des yeux d'envie.

Le plus grave était les nouvelles venues on ne savait comment qui circulaient dans Lavillerie et grimpaient jusqu'à Verdagne : l'usine allait réembaucher. La Compagnie avait voté des crédits supplémentaires et la paie serait portée à huit et dix francs ! Même chez ceux qui semblaient les plus indifférents, ces racontars faisaient du mal. Souvent, tandis qu'ils étaient en train de travailler en plein bois, les hommes redressaient leurs reins endoloris, s'essuyaient le front et, malgré eux, pensaient qu'ils se crevaient pour un gain aussi maigre qu'incertain, alors qu'en bas, ils pourraient... Et de rage, ils flanquaient un furieux coup de cognée dans l'arbre condamné. Se rappelant les chaudes soirées passées chez Rochejean, Roquefeuille n'avait plus le goût de souffler dans sa cabrette.

Un matin on apprit, on ne sut pas encore par quelle voie, qu'une nouvelle affiche s'étalait sur les murs de l'église de Rustande. En même temps, le bruit courut qu'un détachement de vingt Piémontais était attendu à la fin du mois. S'il n'y avait pas eu César...

César commençait à s'inquiéter. Sa forêt lui plaisait autant à l'automne qu'elle lui avait plu au printemps, qu'elle lui plairait à l'hiver. Il ne comprenait pas pourquoi le grand enthousiasme de l'été était mort. Berthe, elle-même, boudait et ne cessait de geindre. Le dimanche, Colombet descendait parfois passer la journée avec eux. Le soir, César envoyait sa femme se coucher et jusqu'à des minuit, les deux copains restaient au coin de l'âtre, parlant si bas que Berthe, malgré l'oreille collée contre le plancher, ne pouvait rien entendre. L'Hippolyte et son ami ressentaient des angoisses identiques. Le vieux se rappelait trop la misère du premier départ pour accepter l'idée d'un second qui serait définitif ; quant à César, il ne voulait pas s'être trompé deux fois. L'un et l'autre sentaient que le vrai danger, ce n'était ni la pluie ni le brouillard, ni la fatigue, ni l'ennui, mais ces racontars qui, montant de la vallée, pourrissaient la montagne. Ils avaient envisagé toutes les hypothèses pour en expliquer l'apport. Rien ne les satisfaisait. Pourtant, chaque jour plus précises, les nouvelles bruissaient à travers Lavillerie.

César travaillait au Château du Toil, une échappée de rocs et de prairies entre deux forêts. Sur la lisière de l'une d'elles, il ébranchait des arbres abattus pour constituer des fagots. Autrefois, les chefs auvergnats avaient résisté dans ce coin aux légions romaines, c'est pourquoi l'endroit s'appelait le Château du Toil, bien qu'il n'y eût pas une pierre pouvant rappeler un pareil édifice.

Malgré le jour encore lumineux, César pensa qu'il devait être au moins sept heures. Dans le fond, des lambeaux de brume s'amassaient en nuages épais. L'humidité du soir lui raidissait les jambes. D'un coup large, accompagné d'une torsion des reins et des épaules, il planta la hache dans une souche de pin, s'amusant à étouffer les vibrations du manche entre ses paumes calleuses. Posément, il assembla les fascines éparpillées, mit sa veste sur l'épaule et regarda autour de lui. Le Château du Toil était un des coins que César aimait le mieux, d'abord pour sa solitude et puis pour l'horizon qu'on y découvrait. L'échappée au milieu des arbres se prolongeait par une faille vertigineuse, plongeant vers Rustande. Quand le vent déchirait les brouillards d'en bas, on pouvait apercevoir le reflet de la Seuille et quelques toits de Rustande. Ce trou, qui commandait la montagne, personne n'osait s'y aventurer. Dans la nuit des temps, les Romains eux-mêmes avaient dû y renoncer. Enfant, César rêvait de descendre dans la vallée par ce prodigieux raccourci, mais si la main glissait sur la mousse d'un arbre, c'était une chute de plus de trois cents mètres, au bout de laquelle un boqueteau de châtaigniers vous attendait.

César traversa le petit pré entre les deux masses d'arbres. Il y cueillit quelques mousserons dont Berthe saurait faire une omelette et s'engagea sous les sapins. Le soir rendait les aiguilles moins sèches et plus silencieuses sous le pied. Il avançait, cherchant machinalement des yeux les boursouflures que font les premiers bolets dont la tête soulève le sol au pied des arbres. Un rire de femme arrêta César. Il écouta. Un chuchotement lui arrivait sur la droite, entremêlé du bruit clair des baisers. Intrigué, il voulut savoir. Doucement, retenant son souffle, il s'accroupit. Repérant avec soin la place de ses mains, il se laissa tomber à quatre pattes. César s'amusait, retrouvant les joies de sa jeunesse lorsqu'il jouait à cache-cache avec Roquefeuille et les autres. Ses gestes avaient la lenteur puissante des bêtes à l'affût. Le genou prenant régulièrement la place laissée vide par sa main, il parcourut une cinquantaine de mètres, s'immobilisant dès qu'une branche morte criait sous son poids. L'écho de la conversation lui vint plus précis et bientôt, entre les troncs, il aperçut deux silhouettes enlacées. Redoublant de prudence, il s'allongea à plat ventre et se mit à ramper.

Les amoureux étaient assis à l'orée du bois. César, tenaillé par la curiosité, se dressa derrière un gros sapin qui s'interposait entre le couple et lui. Quelques minutes encore il se força à demeurer raidi avant de risquer un coup d'œil. Était-ce la Rosalie Montot ? On la disait facile... Rien n'interrompant le rythme de leur conversation, César se pencha et retint un cri de surprise : la Marie Roquefeuille ! Sur le moment, il eut envie d'aller lui flanquer une gifle, car c'était sa filleule, puis réfléchissant qu'il n'y avait jamais rien eu à raconter sur la petite et que ce rendez-vous devait sûrement être pour le bon motif, il laissa faire. Mais il ne voulait pas s'en aller sans savoir qui était le galant dont il entendait mal la voix. L'homme se présentait de dos. Subitement, César le vit empoigner sa compagne à pleins bras et l'embrasser sur les lèvres. Dans son geste, l'amoureux se tourna : le mari de Berthe reconnut le plus jeune des Tomasi. Voilà d'où venaient les nouvelles !

— Tu verras, amore mio, je te demanderai à ton père et quand tu seras ma femme, je t'emmènerai en Italie.

— C'est beau, l'Italie ?

— Si c'est beau ? Il y a pas plus beau au monde !

— Alors, pourquoi tu l'as quittée ?

— Pour manger, tortora mia... On ira seulement se promener là-bas puis on reviendra... T'es pas faite, Maria, pour vivre dans la montagne comme les sauvages... Tu verras, on s'installera à Rustande. On m'y a promis une maison où on élèvera nos bambini... Le premier sera une fille... On l'appellera Maria-Jésu parce qu'elle te ressemblera, douce, jolie, vaillante... Tant qu'il aura pas de femme, mon frère nous aidera...

— Tu crois que je lui plairai à ton frère ?

— Il sait que je t'aime... Ça suffira pour qu'il t'aime... Tes parents... ils te laisseront descendre à Rustande ?

— Oh ! oui... Ils ont tellement envie de retourner au village !

— Ma ché ! pourquoi ils le font pas ?

— Ils osent pas.

— A cause ?

— Les autres... surtout César.

Figé derrière l'arbre le cachant aux regards des amoureux, Chènnebrun écoutait. Quand Marie parla de l'envie de son père de retourner à Rustande, il faillit crier et lorsque le Piémontais se permit de traiter de sauvages les hommes de la montagne, il manqua se jeter sur lui. Le mari de Berthe accrochait ses doigts à l'écorce du sapin pour tenter de contenir cette grande colère qui l'agitait. Un rude effort qui lui faisait couler la sueur du front dans les yeux.

Enfin, les jeunes gens se levèrent. Tomasi demanda :

— Tu viendras demain, Marie ?

— Si je peux...

— On peut toujours quand on aime...

— Alors, je viendrai...

— Adieu, carissima...

Encore un de ces baisers qui mettaient des fourmis dans les doigts du César et lui séchaient la gorge, puis Marie s'en fut en courant. Son parrain attendit qu'elle eut disparu pour se lancer sur les traces du Tomasi. Arrivé au Château du Toil, le Piémontais s'arrêta au bord de la faille. Au bout d'un moment, il se leva et descendit dans le gouffre, se laissant aller d'arbre en arbre avec une souplesse de chat. Cramponné à un tronc, il balançait son corps un instant, cherchant du regard le point d'appui le plus proche et glissait, attrapant, au vol, la branche visée.

Si l'Italien avait levé la tête, il eût pu apercevoir, se découpant en noir sur le ciel gris, César qui, suivant sa descente, rigolait à petits coups.

Il fallait en parler d'abord à Marius, c'était de sa fille qu'il s'agissait. De ce côté-là, César n'avait point d'inquiétude. La Marie obéirait. Mais le Piémontais ? Si l'Italien aimait vraiment la petite, il ne s'inclinerait pas et reviendrait rôder autour de Lavillerie. Tant que cet homme venu d'en bas courrait la montagne, il n'y aurait point de paix pour ceux qui luttaient contre l'appel de la vallée. César ne haïssait pas ce Tomasi, ils avaient même été amis du temps de l'usine. Le mari de Berthe songea qu'il devrait attendre l'Italien pour lui expliquer. Il lui dirait qu'il ne fallait pas venir chercher les filles de par ici, qui, si la Marie descendait, personne ne serait assez fort pour empêcher les autres d'en faire autant, mais à mesure qu'il arrangeait les choses en pensée, il sentait la difficulté d'une telle discussion. Déjà, avec Monsieur le Directeur...

***

Assises autour de la fontaine, la Benoîte Ollières, la Julie Clavette, la Rosalie Tourniac et la Marie Roquefeuille bavardaient. A leurs pieds, de grandes seilles pleines d'eau brillaient pareilles à des miroirs. Ainsi qu'elles en avaient l'habitude, elles énuméraient leurs misères avec des soupirs et des mouvements d'épaules dont elles semblaient rythmer le chapelet de leurs malheurs. Seule, la Marie parlait peu, ayant encore sur les lèvres le goût du Tomasi.

De profil, la Julie Clavette ressemblait à un geai. Ses petits yeux noirs et brillants s'enfonçaient profondément dans l'orbite, offrant davantage de dégagement au nez qui s'arrondissait en bec. Les hochements de tête dont elle accompagnait ses moindres paroles donnaient l'impression qu'elle picorait ses mots. De plus, l'habitude qu'elle avait prise — quand elle se trouvait inoccupée — de ramener ses deux mains ouvertes dans le creux de sa maigre poitrine, accentuait son allure d'oiseau. Bavarder était son unique distraction et elle sautait sur toutes les occasions offertes. Une bonne fille au demeurant. Clavette la battait chaque soir ou presque, histoire de s'entretenir la main. Elle n'en souffrait pas : ayant été battue par son père et par ses frères, elle trouvait naturels les coups dont son mari marbrait sa carcasse, dans ses heures de mauvaise humeur.

Rosalie, autrefois placée à Saint-Flour, avait rapporté de là-bas le goût des odeurs dont elle s'aspergeait, dérobant des sous à son homme pour satisfaire sa coquetterie, ce qui mettait le Georges Tourniac en fureur ; mais comme elle le flattait, il tolérait ses dépenses seulement pour le plaisir de susciter de l'envie chez les autres. On racontait qu'elle était de mauvaise vie parce qu'elle s'allongeait maladroitement les sourcils avec une allumette brûlée, ce qui excitait les hommes et faisait hausser les épaules aux femmes dont la jalousie se répandait en accusations calomnieuses.

Benoîte Ollières était une grosse placide qui trompait

bien son monde. A la voir, on la croyait molle et douce. Elle était dure et sans complaisance pour personne. On ne l'aimait pas, on la craignait.

Marie Roquefeuille tenait de son père un calme que rien ne troublait, si ce n'est le Tomasi. Il ne serait pas venu à l'idée des gars du pays de courtiser Marie. Non qu'elle fût laide avec ses yeux clairs et ses cheveux roux, mais on la réputait simplette car elle ne répondait pas aux plaisanteries des garçons quand elle travaillait aux champs et, les soirs de bal, lorsqu'on la chatouillait, elle ne se débattait pas avec des petits cris énervés et des trémoussements de plaisir, mais repoussait ses assaillants avec de grands gestes où n'entrait point de joie. Le Tomasi lui avait plu en prononçant des mots qu'elle n'était pas accoutumée à entendre.

Depuis qu'elle se savait aimée, Marie prenait goût à la toilette et sa mère la grondait quand elle la trouvait devant la glace en train de se faire des accroche-cœurs en mouillant ses cheveux. Marius, qui lui en voulait un peu de ne pas être un garçon, l'obligeait à travailler comme si elle en avait été un. Marie ne s'en plaignait point, heureuse de calmer, dans un labeur de mâle, des ardeurs qu'elle n'entendait pas permettre au Piémontais de satisfaire en dehors du mariage.

Obligées de forcer leurs voix pour dominer le bruit de la fontaine, Julie et Rosalie commentaient les nouvelles que Marie apportait toutes chaudes : dans Rustande, on installait l'électricité sur la place et dans l'église. On parlait de faire des adductions d'eau, un service régulier fonctionnait entre Rustande et Brazons, le propriétaire en était un nommé Lespinasse ; à Brazons, on trouvait maintenant tout ce qu'on voulait et Rosalie rêvait aux jolis flacons de parfum que le coiffeur devait installer dans sa vitrine, comme à Saint-Flour. Il paraîtrait que les Italiens — tous, plus ou moins maçons — se mettaient à construire des maisons de pierre avec des géraniums en pots sur les fenêtres.

La Julie était lancée dans une comparaison de la vie à Lavillerie et à Rustande lorsque César s'approcha. Aussitôt, elle se tut à cause de sa peur instinctive de l'homme. Le mari de Berthe s'arrêta au bord de la fontaine. Il leur donna le bonjour. Elles répondirent à peine, le sachant responsable de leurs fatigues. Avec un gémissement, la Rosalie empoigna sa seille et, toute déhanchée, s'en fut en se balançant, tandis que la Julie, plus forte, faisait claquer ses sabots pour se tenir compagnie. La Benoîte s'en alla sans dire un mot à personne. Au moment où elle s'apprêtait à partir, César prit Marie par le bras. La petite en voulait à son parrain, ainsi que les autres femmes, et plus peut-être à cause du Tomasi, mais elle n'en avait pas peur. La voix de César était grave et faisait penser à une cloche d'église.

— Donne... que je te porte le seau.

— Mais je peux bien...

Ils se mirent à marcher à pas lents.

— Marie... c'est pas bien ce que tu fais.

La jeune fille pâlit un peu.

— Qu'est-ce que je fais ?

— Avec le Tomasi... je vous ai vus.

Résolue à se battre, elle serra les poings.

— Et puis ?

— C'est pas bien.

— Pourquoi ? Vous pensez que j'ai pas l'âge ?

— C'est pas ça...

— Qu'est-ce que c'est, alors ?

— Je ne sais pas trop comment t'expliquer...

— Dans ce cas, peut-être qu'il vaudrait mieux pas en parler...

Ils se turent. César aimait beaucoup Marie, sa filleule qui, pour Berthe et lui, remplaçait un peu leur garçon mort. Il aurait voulu la prendre dans ses bras et lui expliquer que ce n'était pas par méchanceté qu'il allait livrer son secret mais il n'essaya pas, devinant qu'il ne saurait jamais trouver les mots. La Marie releva un visage calme. Sa voix était aussi tranquille qu'à l'accoutumée :

— Ça n'a pas d'importance... J'aime Pietro.

Elle s'en alla très droite, sans attendre de réponse et César la laissa partir, ne comprenant pas pourquoi il se sentait subitement si las.

Lorsqu'il se remit en marche, César se rendit compte que son pas s'était alourdi ; en quelques instants, il avait beaucoup vieilli. Il approchait de sa maison, lorsqu'il vit Roquefeuille venir à lui. Marius rentrait de la forêt. Les deux hommes se serrèrent la main, mais sans la chaleur habituelle. Chènnebrun se demanda pour quelles raisons son copain de toujours semblait aussi mal à l'aise. Ils restaient là, plantés en face l'un de l'autre. Enfin, César se décida :

— Marius... je sais d'où qu'elles viennent les nouvelles...

Le regard en dessous, Roquefeuille répliqua :

— Quelles nouvelles ?

— Sur ce qui se passe à Rustande.

— Ah ?

Le terrible tenait à ce que Marius donnait l'impression de ne pas entendre ce qu'on lui disait. César aurait voulu qu'il réagisse mais non, il restait là, pareil à un buveur assommé par le vin et qui, sortant du café, saisi par l'air vif, chancelle, les bras ballants, l'œil éteint.

— Tu veux pas savoir qui c'est qui les apporte, ces nouvelles ?

Roquefeuille haussa les épaules.

— Quelle importance ! Allez, à demain...

Au moment où il s'écartait, César l'attrapa par l'épaule.

— Faut pourtant que tu saches !

— Pourquoi ? Je te répète que je m'en fous et je suis fatigué. Toute la journée dans la forêt... c'est dur... trop dur... J'ai plus ma force d'avant... Laisse tomber, César... On n'est plus dans le coup, nous autres...

Déjà, il s'éloignait lorsque Chènnebrun cria :

— C'est Marie !

Roquefeuille se retourna :

— Quelle Marie ?

— La tienne !

— T'es sûr ?

— Certain.

Marius sourit.

— Elle est donc plus futée que je croyais.

Si Roquefeuille n'avait pas souri, son copain n'aurait pas révélé le secret de la petite. César n'admettait pas qu'on puisse rigoler de choses aussi graves.

— Marius, ça t'étonne pas que Marie soit au courant des histoires d'en bas ?

— Les femmes en racontent toujours...

Chènnebrun le coupa brutalement :

— C'est pas une femme qui renseigne Marie !

— Et qui donc, alors ?

— Pietro.

— Pietro ? Pietro Tomasi ?

— Juste. Marie et lui se fréquentent. Je les ai surpris au Château du Toil. Même qu'ils se sont embrassés sur la bouche !

César regrettait maintenant ses confidences. Marius ne bougeait pas. On eût cru qu'il laissait à ce qu'avait révélé son ami le temps de bien lui entrer dans la tête.

— Elle est d'âge, pas vrai ? Les filles ressemblent aux chèvres quand elles ont envie de danser, personne peut les empêcher.

— Mais, un Piémontais !

— Un Piémontais ou un autre, y aura toujours quelqu'un qui nous la prendra. C'est la loi. Pourtant, t'as bien fait de m'avertir. Je vais causer à la Marie pour qu'elle conseille à son galant de venir me trouver et vite. A te voir, César...

César ne répondit pas. Gonflé de désespoir, pour la première fois il rentra chez lui sans joie : Marius voulait redescendre dans la vallée.

5

Berthe n'avait jamais vu son César dans cet état. Il mangeait du bout des dents et, sitôt la soupe avalée, il s'était pris la tête entre les mains, refusant le lard qu'elle lui tendait. Persuadée qu'il s'agissait d'un chaud et froid, elle voulut lui mouiller les tempes avec du vinaigre des « Quatre Voleurs » mais il la repoussa en jurant affreusement. Elle demeurait là, plantée devant son homme, les bras ballants, cherchant du fond de sa tendresse le remède qui lui convenait, tremblant de retrouver les angoisses vécues au chevet de son petit.

Par la trappe qui s'ouvrait à même le plancher de la cuisine, Berthe descendit à la cave chercher du marc où jaunissaient des herbes cueillies par son père. En bas, elle s'arrêta : un bruit qu'elle ne reconnaissait pas lui arrivait de la pièce où elle avait laissé César. Inquiète, elle remonta et les yeux au ras du sol, s'immobilisa, de la stupeur plein la figure. César pleurait. Berthe comprit alors que c'était quelque chose de plus grave que la maladie qui travaillait son homme. Sentant sa propre détresse, elle alla tout doucement s'asseoir à l'autre bout de la table où elle se mit à sangloter, partageant, sans le comprendre, le chagrin de son époux.

***

— M'attends pas pour te coucher...

César, debout, s'enveloppait de sa pèlerine. Il s'énervait, ne pouvant arriver à agrafer le col. S'essuyant les yeux, Berthe vint à lui. Jamais mieux que ce soir-là, elle n'aurait voulu qu'il lui fît part de son projet. Elle se voyait tenue à l'écart d'une grande douleur et cela lui paraissait plus injuste que toutes les joies qu'elle ne partageait point. S'apercevoir que, malgré les années passées côte à côte, le petit fait ensemble, elle ne savait pas le consoler la rendait malheureuse. Reniflant ses larmes, elle mit l'agrafe en place et par habitude, lustra le col du revers de la main. Ses yeux rencontrèrent ceux de son mari. César y vit tant de choses qu'il ne put pas ne pas lui demander :

— Qu'est-ce que t'as, Berthe ?

...Comment raconter ce qui lui faisait mal, que le souvenir de l'enfant disparu se mêlait, ce soir, au regret des années enfuies, au bouleversement de voir pleurer son homme ? Elle murmura :

— C'est à cause de toi...

Au fond, c'était bien ça, la vérité. Tenant César par les épaules, elle lui appliqua une grosse bise sur sa joue où les poils piquaient pareils à des épines. Il était si triste que cette pauvre caresse le retourna. Ramenant devant lui ses grands bras de bûcheron, il serra contre sa poitrine la Berthe émerveillée. Un moment, ils restèrent enlacés. Le coucou — qu'ils avaient acheté pour leur mariage — lança la demie de huit heures. César se dégagea.

— Berthe, va te coucher... je monte jusqu'à l'Hippolyte... J'ai besoin de lui.

Prenant sa femme par la taille, il la souleva et lui mit sur les lèvres un baiser d'amoureux :

— Tu es une bonne fille...

Il répéta encore cette opinion et Berthe resta seule. Son chagrin avait disparu. Elle se coucha sans oser fermer la bouche pour ne pas perdre la saveur de son baiser.

César avançait dans une nuit molle et solide comme un feutre. Le vent lui collait à la figure des plaques de bruine. La forêt paraissait abandonnée, le moindre de ses habitants cherchant au fond des terriers bien chauds ou dans l'épaisseur tiède des ramures un abri contre l'humidité. Il semblait à l'homme que l'ombre s'attachait à ses doigts chaque fois qu'il sortait les mains de dessous sa pèlerine. La peine qu'il ressentait de la défection du Marius s'ajoutait au malaise de cette obscurité gluante. L'angoisse lui alourdissait les jambes tout autant que le froid. Les arbres noyés dans la brume avaient des attitudes que César ne reconnaissait pas. En les contemplant, il ne trouvait plus cette quiétude apaisante que, d'ordinaire, leur voisinage lui donnait.

Le mari de Berthe savait que, quoi qu'il arrive, il ne redescendrait jamais à Rustande, mais la réaction de Roquefeuille sapait sa confiance.

César se dirigeait par instinct. Il pouvait reconnaître les choses immobiles au seul contact de l'air contre sa peau et sans même y songer, il déviait de sa route pour ne pas heurter un fayard qu'il ne voyait point. La nuit lui chantait aux oreilles ; au son de cette voix, il se rendait compte qu'il côtoyait des arbres ou qu'il marchait au milieu des prés. Dans la forêt, l'ombre se chargeait d'une rumeur de branches, d'un bruissement de feuilles qui lui apportaient un écho d'église. Au contraire, quand le vent arrivait à travers les prairies, on le sentait dur et coupant à la façon d'un tranchant de hache, rien ne se dressant sur son passage pour arrêter sa force. Lorsque la bise passait dans un hameau, elle se gonflait d'haleines chaudes formant un bloc et il fallait longtemps pour le dissocier. En tournant la tête, César attrapa un peu de ce goût : il devina l'odeur de Verdagne qui venait par les sentiers, toute menue parce qu'effilochée aux arbres et éparpillée dans les champs.

César aimait le froid de la nuit automnale. Ce n'était pas la morsure brutale de l'hiver où tout craque sous la poussée du gel. Ce n'était pas non plus l'humidité glacée coulant des branches lourdes de pluie, lorsqu'on sent la chaleur se retirer peu à peu des jambes vers le corps et qu'on découvre le soir, en retirant ses chaussettes, des petites mousses entre ses doigts de pied. Ce n'était pas encore ce petit froid aigrelet comme la groseille verte qui vous rebrousse le poil dans les matins de chasse, à l'affût. Le froid de la nuit, il faut y marcher dedans, un bon moment, pour le sentir. On dirait de la chaleur morte. La chaleur que la terre a mangée pendant le jour, dont les arbres et les herbes se sont imprégnés et qu'il suent dès que l'ombre apparaît. On croit, à goûter sa fausse tiédeur, qu'il est inoffensif, mais quand on le tâte bien à fond, on s'aperçoit qu'il cache un froid plus dur que celui de la neige, un froid sans substance, un froid d'avant le monde. Même l'été, César mettait toujours sa pèlerine quand il devait voyager la nuit.

Comment raconter l'histoire au vieux ? César craignait la violence d'Hippolyte et sa colère qui l'accuserait d'être la cause de tout. Valait-il mieux lui avouer qu'il avait seulement des impressions ou lui apprendre franchement que Marius était sur le point de les trahir ?

Toutes ces histoires dépassaient la force de César. Sans le Colombet, il se serait assis au seuil de sa maison pour les regarder partir. A quoi bon lutter ? Les hommes sont comme les bêtes qui vivent en troupeau ; il leur prend des envies d'ensemble. Peut-être aurait-il fallu aller les voir un à un, leur raconter la misère de la montagne désertée, la grande paix de la terre et les morts qui dorment sous cette terre, les morts dont on vient et qui nous attendent ? Mais, tout ça, c'eût été encore plus difficile : les mots, on ne se sent pas son maître avec eux.

César regrettait maintenant ce besoin de voir le vieux qui l'avait chassé de chez lui, sitôt la soupe avalée. Il frapperait à la porte, on mettrait longtemps à répondre, les chiens hurleraient et, après une longue attente, on entendrait la voix mal éveillée du Colombet. Il faudrait se faire reconnaître, discuter. Après, ce serait cette chose à dire... César ralentissait le pas, rebuté par la tâche.

Brusquement, la nuit devint plus claire et le vent changea de voix. Devant l'homme, une grande flaque d'ombre plus légère se leva. Il remonta sa pèlerine, sachant qu'il arrivait au col, ayant passé à côté de Verdagne sans s'en apercevoir. Pour avancer, César se fiait à ses sens, tirant sur la gauche, chaque fois que le sol ne résonnait plus sous son pas, signe qu'il s'écartait du sentier. Au bord du ravin, la terre est molle, les pierres n'y tenant point, et, quand il s'appuyait dans du mou, César se rejetait vers le chemin plus dur. Il sentait le vide plus qu'il ne le voyait ; un peu comme une vapeur qui montait d'en bas. Une envie le prit de marcher en direction du gouffre, de ne pas s'arrêter, pour savoir ce qu'il y avait dans ce trou béant à quelques pas de lui. D'un effort des reins, il s'arracha à cette hantise et se rejeta vers la forêt où il se cramponna à un arbre pour lutter contre les forces mauvaises de la nuit. Il attendit un long moment pour que la paix des bois glissât des branches dans son sang.

A l'entrée de César dans Beauzères, un chien se mit à hurler. Son cri dansant sur les feuilles fut emporté au cœur de la forêt où il s'émietta. La maison de l'Hippolyte se trouvait au fond d'un sentier. Le vieux vivait seul avec ses cinq ou six moutons et deux ou trois chèvres.

A l'orée du petit chemin, une forte odeur de suint enveloppa César. Il arriva jusqu'à la porte de l'Hippolyte et appela :

— Colombet... ?

Il y eut dans l'étable un bruit de bêtes dérangées. César frappa. De l'intérieur, on cria d'entrer. Dans la cheminée, un feu de bruyères empourprait l'âtre. Assis sur une chaise basse, le vieux regardait la flamme. César s'étonna de trouver Colombet debout à cette heure. Ne sachant que dire, il resta un instant sur le seuil.

— C'est moi...

L'autre, sans se déranger, répondit :

— Je t'attendais.

Et il prit délicatement entre ses doigts de corne une braise que le courant d'air avait poussée sur le plancher.

*
* *

César s'assit avec un gros soupir. Au contact du feu, l'humidité de la nuit sortait de ses vêtements qui, couverts de gouttes d'eau, le faisaient ressembler à une plante au moment de la rosée. Il ne parla pas tout de suite. L'engourdissement de se sentir au chaud, de n'être plus sur ses jambes, de ne plus avancer dans le noir, il le savourait les yeux clos. Puis il pensa qu'il venait pour causer avec l'Hippolyte et que l'Hippolyte attendait. Il rougit, n'osant ouvrir les paupières à cause des yeux du vieux. Il laissa seulement couler son regard entre les cils. Colombet ne bougeait pas, à croire qu'il dormait. La lumière du foyer, lui léchant le visage, le faisait briller, jamais au même endroit, et César n'apercevait qu'un morceau de figure à la fois : l'arête brutale du nez ou la cavité sombre de l'orbite, ou une joue sillonnée de rides emplies de poils et qui ressemblait à un labour mal entretenu. Tout ce que la flamme éclairait était pétri de force. César songea que ni le vieux Ollières ni le père Saulzet n'avaient une pareille gueule. Il en fut heureux. De la tête, le mari de Berthe abaissa son regard jusqu'aux mains que Colombet tenait à plat sur ses genoux. De rudes mains. Des outils déformés par le travail, mais qui étaient de bonne matière. Les veines, semblables à de vieilles cordes, gonflaient la peau cirée par l'âge et les ongles faisaient penser à des griffes. César, retrouvant sa confiance, dit :

— Alors...

— Alors ? répéta l'autre qui le regarda avec des yeux rappelant à César la clarté laiteuse sur le vide, au col des Barrières.

— Je sais d'où qu'elles viennent les nouvelles...

D'un coup, comme on abandonne un fardeau trop lourd, il conta l'affaire du Pietro et de la Marie au Château du Toil, mais il n'osa pas parler tout de suite de Roquefeuille.

Il y eut un silence où l'on entendit le feu croquer les racines de bruyère. En vérité, César n'osait pas aller jusqu'au bout. Pour se donner de l'aplomb, il avala une grosse gorgée d'air :

— Et puis le Marius...

Le vieux lui coupa durement la parole.

— Je sais !

Pour être bien sûr, César précisa :

— Il semble plus vouloir...

— Je sais !

De nouveau, l'Hippolyte collait sur son hôte un regard de choses déteintes. César n'eut pas le courage de demander à Colombet comment il pouvait savoir. Il attendit en contemplant le feu. Il se passa un grand moment avant que le vieux se mît à parler. César reconnaissait mal sa voix, elle paraissait étouffée sous un poids qu'on ne distinguait pas.

— J'ai rencontré Roquefeuille avant-hier, dans sa coupe, aux Grèzes. J'ai pas eu besoin qu'il m'explique. Cette envie de descendre, elle lui coule de partout. C'est un bon, alors il lutte contre, mais ça lui sort des yeux et de la bouche...

Le remords envahit César :

— C'est de ma faute...

Il se tut, étouffé de regrets.

— Je l'ai cru et je t'en ai voulu... Mais, maintenant, je crois qu'on pouvait pas l'éviter.

Le mari de Berthe n'accepta pas cette consolation.

— C'est quand même moi qui leur ai conseillé de descendre.

Colombet leva sa main tordue et noire qui rappelait la racine d'un genévrier.

— Et moi, je te dis que t'as seulement fait sortir d'eux ce qui les étouffait... C'est comme les plateaux de genêts, en août, où la chaleur du soleil fait naître des petites étincelles. On peut pas parler de responsabilité si la cendre de ta pipe met l'incendie. Le feu était dans le plateau.

L'autre tendait sa grosse tête pour essayer de comprendre.

— Cette envie de descendre, elle est venue dans la montagne à la façon d'une maladie. Au début, on n'y a pas prêté attention. Elle s'est tellement aggravée que la montagne en meurt. Voilà : une maladie.

Pour remplir le trou qu'il y avait quand l'Hippolyte ne parlait pas, César grogna :

— Saloperie d'usine !...

Le vieux secoua la tête :

— J'ai cru aussi et j'y suis allé avec les autres. Je me trompais. Le mal existait d'avant l'usine... Ça vient de bien plus loin. Ça remonte à l'époque où les bourgeois d'Aurillac ont cherché des filles dans la montagne, pour en faire des domestiques. Je te cause d'un temps que t'as pas connu. La première qu'est partie, c'était une amie à moi, la Christine Lespinasse. Le curé de Rustande l'avait présentée dans une famille pour garder les enfants. Voilà comment c'est arrivé. Tu vois que ça a commencé petit. Après la Christine, il y en a eu d'autres. Ensuite un d'ici, Alfred Besson — peut-être que t'en as entendu parler ? — a été engagé au chemin de fer. Il a rappliqué cinq années de suite, aux vacances, pour qu'on admire son costume et puis, un jour, il a vendu son bien. On l'a plus revu dans le pays. Ces types frottés à la ville, quand ils regrimpaient par chez nous, ils faisaient du mal avec leurs histoires. On a vu nos femmes se mettre des odeurs et porter des jupons avec de la dentelle. Les hommes remâchaient ces racontars à en devenir saouls. Quand le gars n'était pas de force, on apprenait tout d'un coup son départ. Tu vois que c'est de plus loin que toi...

César ne pensait qu'au Piémontais. Juste, l'Hippolyte en parlait.

— Si j'étais sûr que la Marie parte seule, je te dirais laisse-la... Elle a toute sa vie pour pleurer...

Chènnebrun hocha la tête. Colombet expliqua :

— Seulement, les autres ? Si elle part, la montagne part avec elle... Ils sont tous sur la pente. Il n'en faudrait pas beaucoup pour que ça dégringole. Ce qui les retient, c'est le premier pas... Si la Marie le fait, on est tous foutus.

César demanda :

— Tu crois, de vrai ?

— Si je crois ? — le vieux haussa les épaules — Écoute... T'as entendu parler des avalanches ?

— Oui... dans les Alpes... La neige qui descend et emporte tout sur son chemin.

— Mais pourquoi elle descend, la neige ?

— J'sais pas.

— Parce qu'un morceau de roche se détache et se met à rouler sur la pente... Le rocher, à lui seul, il ferait pas l'avalanche, seulement en quittant l'endroit où il se trouvait depuis des temps, il a démoli l'équilibre qui tenait tout en place, alors le poids joue et la neige, que plus rien retient, commence à glisser. C'est pareil, ici.

César était sûr à présent que le départ de la Marie serait un malheur pour tous. Son impuissance à l'empêcher le désespéra.

— Que faire ?

Colombet se tourna vers lui et lui posa ses mains sur les genoux :

— T'es pas un mauvais, hé, César ?

L'autre en convint.

— T'as eu des moutons, jadis ?

Il s'agissait bien de moutons. César fut sur le point d'engueuler le vieux, mais à cause de ces mains calleuses qui lui pesaient sur les jambes, il répondit :

— Jusqu'à cinquante têtes...

— Donc, t'as eu des moutons et t'es pas un mauvais... Poutant, si un jour — pendant que tu les gardais — t'avais vu venir un bélier galeux, capable d'abîmer tout ton troupeau, qu'est-ce que t'aurais fait ?

— Je l'aurais chassé à coups de pierres, pardi !

— Et s'il était pas parti ?

— J'aurais été prendre le fusil !

Le vieux recula sa chaise. De nouveau, le reflet des flammes lui lécha la figure. Les mots qu'il lança allèrent toucher César au cœur.

— Pour nous, ce Piémontais,... il est pareil au bélier galeux...

***

Rentré de l'usine, Pietro se changeait. Après s'être lavé, il s'était soigneusement peigné, jeté quelques gouttes de parfum bon marché sur les cheveux et avait chaussé des espadrilles. Son frère entra et l'examina, un instant, sans mot dire, avant de s'enquérir :

— Tu grimpes encore là-haut ?

— Comme tu vois !

— Ma ché ! Qu'est-ce qu'elle a donc cette fille pour te brûler le sang à ce point ?

Pietro haussa les épaules.

— Je peux pas t'expliquer... Elle est même pas belle...

— Alors, qu'est-ce que t'y trouves ?

— Je sais pas... mais seulement de la voir, de l'entendre, c'est pareil que si j'étais dans une eau tranquille et tiède qui m'enlèverait la fatigue et les mauvaises pensées...

— Tu veux la marier ?

Pietro se tourna vers son frère.

— Bien sûr... Qu'est-ce que tu te figures ?... Enrico, répète jamais une question comme celle-là !

— Pardonne-moi, mais je lui en veux à cette fille de te faire courir tous ces dangers... Tu vas la rejoindre par des chemins où tu braves la mort et là-haut, s'ils sont mis au courant...

— Ils ne savent rien et ils ne sauront rien jusqu'au jour où j'irai parler au père de Marie... Allez, tchao, petit et te fais pas de bile. Bientôt, on fera la noce, Enrico !

Pietro s'en fut de son pas dansant vers le bonheur qu'il croyait déjà sien. Les hommes se trompent toujours quand ils se figurent assurés de leur avenir, mais le Piémontais était encore trop jeune pour le savoir.

***

Depuis son entretien avec Colombet, César ne dormait pratiquement plus. Il se tournait et se retournait dans son lit, cherchant un repos qui le fuyait tandis que Berthe grognait d'être sans cesse dérangée.

— Pareil au bélier galeux...

Il était bon l'Hippolyte ! à l'âge qu'il avait et toutes les misères de sa vie, il s'en foutait de la mort ! Seulement, tout le monde n'était pas comme lui !

— Enfin, qu'est-ce que t'as, César ?

— J'sais pas !

— T'as pas sommeil ?

— Si.

— Et tu peux pas dormir ?

— Non.

— Bon, je vais te donner un peu de fleur d'oranger avec un sucre...

Chènnebrun laissait faire sa femme, mais il savait bien qu'il lui faudrait autre chose qu'un peu de fleur d'oranger. Tuer le Piémontais ? Le vieux avait pas l'air de se rendre compte que ce serait un crime ! Et Piémontais ou non, si César obéissait à l'Hippolyte, les gendarmes viendraient le chercher. Tout le reste de sa vie en prison, si on lui coupait pas la tête !

***

Jamais César n'aurait pu penser qu'un jour il envisagerait de tuer un homme. Maintenant, parce que le vieux l'avait dit, Chènnebrun n'arrivait plus à se sortir cette idée-là de la tête. L'insomnie, la fatigue, l'angoisse, le chagrin aussi brouillaient tout dans sa cervelle et des filles semblables à des pierres, des moutons à tête humaine s'y débattaient, noyés dans un flot que rien n'arrêtait.

César n'aimait pas tuer les lapins qu'il faisait souffrir, ne sachant pas être brutal avec ces petites vies palpitantes. Était-ce plus difficile à tuer qu'un lapin, un homme qu'on attaquait avec ses mains nues ? Il se le demandait avec curiosité. Ses souvenirs de guerre ne lui servaient pas à grand-chose. Ce n'était pas du tout la même manière. Il se leva, sur le tard. Tandis qu'il s'habillait, il entendait sa femme s'affairant aux préparatifs du repas. A tout hasard, il se ceignit les reins, sous la veste, de la corde qui lui servait à orienter la chute des arbres qu'il abattait.

Quand elle le vit apparaître si pâle, Berthe leva les bras au ciel. Les femmes ramenant tout à des histoires de tisane, elle lui demanda s'il se sentait malade. César haussa les épaules et sortit.

Debout sur son seuil, Blanche Saulzet s'interrompit de dépouiller un lièvre, pour lui souhaiter le bonjour. César s'arrêta un moment à cause de la bête qu'il ne pouvait s'empêcher de regarder. Il allait tuer un homme. Le vieux l'avait dit. Il ressentait une sorte d'orgueil à penser qu'il tenait dans ses mains le sort du Piémontais. Entre l'Italien et la dépouille dont Blanche achevait d'enlever la peau, il n'y avait pas beaucoup de différence, quelques heures à peine, pas plus.

— Oh ! César ? Tu parles seul ?

C'était Roquefeuille. César n'osa pas le regarder en face. Son copain insista :

— Tu travailles donc pas ?

— Non... j'ai pas de goût...

— T'as raison... on n'a plus de goût...

Marius s'en alla en secouant la tête. César souriait, sachant qu'il lui suffirait de tuer le Tomasi pour que son ami retrouvât son plaisir de vivre.

Bien avant la chute du jour, Colombet et Chènnebrun se tenaient à l'affût. César ne détachait pas ses yeux du bord de la faille, souhaitant et redoutant de voir paraître le Piémontais. L'Hippolyte montrait une figure de pierre.

Au dernier moment, conscients de leur force, ils avaient décidé de ne pas prendre d'arme, la hardiesse de l'Italien pouvant laisser croire à un accident.

Ce fut d'abord comme un frisson de l'air puis, en prêtant bien l'oreille, on discerna un frôlement lointain. Ils se regardèrent. César ferma les yeux. Il pensa au grignotement d'un écureuil. Tout d'un coup, l'écho amplifia le gémissement des branches ployant sous le poids du Tomasi. Encore un peu et l'on entendit, dans un bruit de feuilles fouettées, le halètement du grimpeur. Quand la main du Piémontais apparut au ras du sol, ils poussèrent un soupir de soulagement.

Tout avait été convenu à l'avance. Lentement, César se leva, le vieux ne bougea point.

L'Italien peinait. Comme il reprenait haleine, à genoux sur le plateau, une force énorme le plaqua au sol. Toutes les histoires de génies, de sorcières qui courent le Piémont lui revinrent en mémoire. Alors qu'il allait lancer une supplication, la main de son agresseur lui écrasa la bouche, lui rendant du même coup toute sa lucidité, les génies n'ont pas de pattes velues en grosse chair.

— On t'avait pourtant dit de ne pas monter...

César, ayant retourné le Tomasi, lui expliquait son geste. S'aidant des jambes, l'Italien essaya d'échapper à l'étreinte, mais l'autre lui pesait sur la poitrine, de tout son poids.

— Si tu jures par ta Madone de plus venir fréquenter la Marie, Colombet et moi, on te laisse filer.

Le Piémontais, rassuré, les injuria :

— Vous la voudriez la fille, hein ? Elle me suivra où je voudrai...

D'une voix serrée, César demanda :

— T'en es sûr ?

— Et comment !

Le mari de Berthe poussa un soupir, cherchant le regard d'Hippolyte pour y puiser du courage.

— Tu penses pas me tenir là jusqu'à ce que la petite vienne me chercher, imbécile !

Sûr de lui, Tomasi insultait ce gros homme aux gestes lents. Se rappelant les mouvements du Pétrus Gray, jadis, quand il tuait les vaches malades, César scrutait le front de l'étranger, cherchant la meilleure place.

— Vas-tu me lâcher, Bon Dieu ? Si t'es un homme, laisse-moi me relever, on s'expliquera !...

César se décida pour cette petite avancée de cheveux sur la peau qu'on appelle l'épi du bonheur.

— Aussi lâche qu'un renard, voilà ce que tu es... Cochon de Français, tu...

Pietro voulut crier mais le poing de César le frappa avec une telle violence qu'il s'évanouit.

Le mari de Berthe, relevé, se tourna vers Colombet :

— Voilà...

Sans regarder, le vieux ordonna :

— Jette-le dans le trou !

César obéit, tout lui était égal. Il prit l'homme dans ses bras, le leva au-dessus du ravin, hésita un instant à cause de cette vie chaude qu'il tenait entre ses mains puis, avec un han ! d'effort, il jeta le corps aussi loin qu'il put.

Le vieux, de son pied, se mit à démolir le bord de la faille pour simuler un éboulement.

***

La Marie attendit que le bruit de leurs pas se fût éteint dans le soir pour sortir du buisson où elle s'était cachée.

6

César s'était couché sans manger et son sommeil lourd, coupé de halètements, haché de mots sans suite, avait tenu sa femme éveillée une bonne partie de la nuit.

Berthe se leva dans le petit matin, avec le goût fade de l'insomnie sur les lèvres. Pour ne pas troubler le repos de son homme enfin calmé, elle descendit dans la cuisine, les sabots à la main, prenant soin de ne pas faire craquer les marches. En bas, elle évita les grands heurts d'ustensiles dont elle avait coutume d'accompagner ses moindres gestes matinaux pour retrouver plus vite l'atmosphère abandonnée la veille. Avec mille précautions, elle cassa des branches sèches qu'elle entourait d'une serpillière afin d'étouffer le craquement du bois mort. Au prix de durs efforts, elle réussit à accrocher silencieusement la marmite à sa crémaillère.

Déjà l'odeur du chou grimpait dans la cuisine quand on frappa à la porte. Occupée à tailler le pain pour la soupe, Berthe sursauta, saisie d'une crainte qu'elle ne s'expliquait pas. La nuit sans sommeil, l'inquiétude où la tenait l'humeur de César, créaient en elle une angoisse confuse que seule une vraie peur pouvait délivrer. De nouveau, on frappa. Là-haut, dans son lit, César bougea. Sans même s'en rendre compte, Berthe s'enveloppa d'un large signe de croix comme elle faisait, petite fille, les soirs où on lui commandait d'aller chercher un mouton égaré.

Elle entrouvrit et le vieux Saulzet entra. Berthe ne l'aimait point. Son mari lui-même n'éprouvait pas d'amitié pour ce vieillard aux yeux éternellement humides, à la voix toujours imprégnée de malheur. D'ailleurs, il courait de sales histoires sur son compte, depuis la mort de l'Armandine — son épouse — qu'on avait trouvée pendue.

— César est pas là ?

Il s'était avancé dans la pièce, sans qu'on l'en ait prié et sans retirer son chapeau. Des manières qui le rendaient déplaisant.

— Il dort.

Inconsciemment, la femme se plaça devant l'escalier menant à la chambre.

— Il dort ?

Le vieux eut un petit ricanement, rappelant à Berthe le bruit des châtaignes sèches dans leur sac. Entre la broussaille de ses sourcils, il épiait son hôtesse.

— Et pourquoi qu'il dort encore à cette heure ?

— Parce qu'il est fatigué.

— Fatigué ?

Le Saulzet fit glisser le mot d'un coin de sa bouche à l'autre. On eût dit qu'il le savourait et, de nouveau, on entendit son petit rire fêlé.

— M'est avis que c'est pourtant pas le moment d'être fatigué !

— Qu'est-ce que tu veux dire par là, Honoré ?

César, sur le seuil, achevait de rouler sa ceinture de flanelle. L'insomnie et la lassitude lui mettaient des poches sous les yeux.

— La Berthe racontait que tu dormais...

Saulzet cherchait à reprendre l'assurance que la brusque apparition de l'homme lui enlevait.

— Je t'ai déjà demandé pourquoi que tu disais que c'était pas le moment de dormir ?

Berthe poussa un soupir de joie : elle retrouvait son mari dans celui qui parlait durement à ce vieux malfaisant qu'elle craignait tout à l'heure. En passant près du Saulzet pour aller prendre la soupe, elle le bouscula exprès.

— Je pense pas que tu sois venu me conseiller de pas dormir, hein ?

— Non, bien sûr...

César mangeait posément, pas plus gêné que si l'autre n'eût pas été là, et de sentir ce mépris, le visiteur en perdait ce qu'il était venu raconter.

— Alors, quoi ?

— Alors, rien.

Le vieux recula vers la porte. Berthe grommela qu'elle avait autre chose à faire qu'à écouter les fous.

— Ce sera à ta volonté, adieu...

Saulzet aurait souhaité qu'on le suppliât de parler. Il esquissa un mouvement pour sortir, mais sa nouvelle, il la mijotait depuis la tombée de la nuit, s'étant levé de bonne heure pour être sûr d'arriver le premier.

— T'as pas l'air d'humeur, César, aujourd'hui ?

— Je suis comme je suis !

Maintenant, le bonhomme ne voulait plus partir. On entendit la Berthe affirmer qu'il y en avait qui étaient bien heureux de ne pas avoir à travailler.

— J'ai passé l'âge, ma fille... Et toi, tu travailles donc pas non plus, ce matin, César ?

— Pourquoi que je travaillerais pas ?

— Je pensais, à te voir encore à table à ces heures...

— Tu pensais de travers, c'est tout. J'attends le Marius, on doit aller à la coupe...

Saulzet sourit. Enfin !

— C'est pas la peine...

Berthe, agressive, l'interpella :

— De quoi, c'est pas la peine ?

— D'attendre Roquefeuille !

La cuillère de César, en tombant, effraya le chat qui guettait une couenne de lard. Honoré respira un grand coup.

— Le Marius viendra pas.

— A cause ?

Devinant le malheur, César se dressait, la sueur aux tempes.

— A cause qu'il est descendu !

Berthe eut peur pour le visiteur quand elle vit les yeux de son homme s'injecter de sang.

— Où qu'il est parti ?

— A Rustande !

— Avec les meubles ?

— Avec les meubles, la Marie et puis aussi l'Antoinette !

César fut obligé de s'accrocher à la table. Tout tournait

autour de lui. Saulzet, heureux de l'avoir si bien touché, continuait :

— Il a raconté comme ça que la montagne, il en avait assez et que, tout compte fait, il préférait la compagnie des Piémontais à celle des arbres.

— César !

Avant que sa femme ait pu esquisser un geste pour l'en empêcher, son époux s'était jeté sur le vieux, le prenant à la gorge :

— Si t'as menti, salaud !

— J'ai pas menti !

L'étreinte relâchée, Honoré en profita pour filer, laissant la porte ouverte. Quand il fut au bout du chemin, il se retourna :

— Oh ! César...

Berthe lui répondit :

— Qu'est-ce que tu lui veux, encore ?

— Roquefeuille m'a aussi chargé d'une commission pour lui.

— Explique-toi ?

— Il m'a dit : « Tu feras savoir à César que les gendarmes lui donneront de mes nouvelles. »

En rentrant dans la cuisine, Berthe poussa un cri. Elle ne reconnaissait plus César. Son César à elle n'avait jamais eu cette figure où les yeux semblaient rouler du sang sous les paupières. Ce fut tout d'un coup comme si son mari était mort et de l'imaginer étendu sur le lit, un crucifix entre les mains, avec cette tête-là, elle se mit à hurler.

***

Ce grand courage que César était allé chercher au fond de lui-même pour tuer le Piémontais n'avait servi à rien. Malgré la mort de Tomasi et Marie délivrée, Marius l'abandonnait... Pourquoi le menaçait-il des gendarmes ? Il n'avait donc pas compris ? Il ne connaissait donc pas assez César pour deviner que, s'il avait fait cette chose, c'était uniquement pour la montagne ? Plus que la peur des gendarmes, l'idée que son ami le réprouvait lui crevait le cœur. Il pouvait s'enfuir. Le Colombet savait des caches. Les gendarmes se lasseraient vite de courir la forêt. Mais César devinait qu'il ne pourrait se sauver avec la pensée qu'en bas, le Marius causerait vilainement sur son compte et on croirait ce qu'il dirait. Avant tout, il fallait le voir, lui expliquer... Après, on verrait, mais sans l'approbation de Marius, ce n'était pas la peine, plus rien ne valait la peine.

***

Les Roquefeuille furent accueillis avec joie à Rustande où l'on ne se consolait pas du départ des hommes de la montagne. Antoinette retrouvait ses habitudes et Marie, dans un autre décor, essayait d'oublier le drame auquel elle avait assisté. Seul, Marius était malheureux, d'abord parce qu'il préférait la forêt à l'usine, ensuite parce qu'il savait qu'il aurait du mal à vivre loin de César.

Durant la première veillée de leur retour, Antoinette harcela son mari.

— Tu dois aller le raconter aux gendarmes, Marius...

— Peux pas dénoncer César...

— Et pourquoi ?

— Parce que lui et moi, on se connaît depuis toujours !

— C'est pas une raison !

Abandonnant sa femme butée, Marius se tourna vers sa fille :

— Marie, t'es sûre de ce que t'as vu ?

— J'ai tout vu ! Ils me l'ont tué ! Je te répète qu'ils me l'ont tué ! et si tu veux pas te rendre chez les gendarmes, j'irai, moi, avec la maman !

— Tu penses pas qu'on pourrait trouver un moyen pour pas être mêlés à cette histoire ? On aime bien César dans la montagne...

— On l'aimera plus quand on saura que c'est un assassin !

Marius hochait la tête, peu convaincu. Il tenta de contourner la difficulté.

— Dis donc, explique-nous voir pourquoi que tu fréquentais — et un Piémontais, par-dessus le marché ! — sans avoir demandé la permission ? Tu crois que c'est d'une fille honnête d'agir de cette façon ?

— Je suis d'âge, non ?

— T'es aussi d'âge à recevoir mon pied au cul pour t'apprendre le respect, sacrée putain de vogue !

Tandis que Marie se mettait à pleurer, sa mère volait à son secours.

— T'as pas honte, Marius, de traiter ta fille de cette manière ?

— Elle mérite pas mieux !

— T'essaies de tourner la conversation pour avoir un prétexte à pas te rendre chez les gendarmes !

— Vingt dieux ! Antoinette, tu te rends compte ? Dénoncer mon frère pour venger un Piémontais ?

— Un Piémontais, c'est un chrétien, non ! et puis c'était presque ton gendre !

— Mon gendre ! Il m'avait pas seulement causé pour ma fille !

Marie hurla :

— Il allait le faire quand ce bandit de César l'a assassiné !

La gifle que lui assena son père l'envoya, meurtrie et sanglotante, sur un banc. Antoinette gronda :

— T'as osé !

— Toi, si tu veux goûter à la même soupe, t'as qu'à t'amener !

Cet après-midi-là, profitant de ce que Marius faisait sa sieste, les deux femmes se firent conduire à Brazons, par un contremaître de l'usine qui possédait une automobile.

*
* *

Le Chef Corbigny regardait les deux femmes assises devant lui dans son bureau. Il les avertit.

— Vous savez que c'est grave ce que vous racontez là... Vous pouvez envoyer un homme à la guillotine avec ce genre d'histoire !

Antoinette secoua la tête :

— C'est pas une histoire mais la vérité vraie, celle du Bon Dieu ! Ma fille, elle a tout vu !

— Mademoiselle, répétez-moi, encore une fois, votre version des événements.

— Ma... quoi ?

— La scène à laquelle vous avez assisté.

— Eh ben, j'attendais Pietro...

— Pietro Tomasi... la prétendue victime ?

— Mon fiancé... Je m'étais cachée...

— Pourquoi ?

— Pour qu'on me voie pas...

— Qui ça ?

— Les autres... Je voulais pas qu'ils causent sur moi et sur Pietro...

— Vous ne seriez pas en train de me raconter des calembredaines, des fois ?

— Oh ! Monsieur le gendarme !

Mme Roquefeuille renchérit :

— Ma Marie est bien éduquée ! Jamais elle se permettrait de se moquer d'un vieux, même si c'est un gendarme !

M. Benoît Corbigny, commandant la brigade de Brazons, avait horreur des railleries. Il avait la faiblesse de se croire encore bel homme, en dépit de la cinquantaine passée, d'une calvitie qu'il tenait pour précoce et d'un embonpoint qui le faisait davantage ressembler à l'abbé Bridaine des « Mousquetaires au Couvent » qu'à un don Juan égaré aux confins de l'Auvergne. C'est dire que la réflexion d'Antoinette, pour sincère qu'elle fût, mortifia celui à qui elle s'adressait et ne le poussa point à ajouter foi au récit saugrenu de la demoiselle. De plus, le Chef n'avait jamais eu à s'occuper d'affaires graves dans son canton ; il ne tenait pas à commencer alors qu'il approchait de la retraite.

— Vous êtes veuve, madame ?

La Roquefeuille sursauta :

— Moi ? Bien sûr que non !

— Dans ces conditions, pourquoi n'est-ce pas votre mari qui est venu me voir ?

— Faut vous dire que mon Marius, le Bon Dieu l'a doté d'une sacrée tête de cochon, sauf votre respect !

— Ce qui signifie ?

— Qu'il a pas voulu se déranger.

— Et il vous a envoyées, toutes les deux ?

La mère et la fille se regardèrent, gênées, puis Antoinette se jeta à l'eau.

— Il a pas voulu... parce que...

Marie prit le relais.

— Parce qu'il voulait pas dénoncer son ami de toujours...

— Un sentiment qui l'honore, mademoiselle.

— Dame ! c'est pas son fiancé qu'on a assassiné sous ses yeux ! Si vous comprenez pas, j'y peux rien !

Le visage de M. Corbigny vira lentement au rouge. Cette fille commençait à l'énerver et sérieusement !

— Mademoiselle, soyez assurée que je n'ai pas de leçon à recevoir de vous et que vous feriez bien de mesurer vos paroles, si vous ne tenez pas à connaître de graves ennuis. Ce n'est quand même pas moi qui me suis rendu chez vous pour y débiter des contes à dormir debout !

Le sang d'Antoinette s'échauffait.

— Alors, vous pensez qu'on vous a raconté des menteries ?

— Tout juste !

— Eh ben, merde !

Le chef se dressa d'un bond.

— Attention ! J'ai bougrement envie de vous coller un P.V. pour outrage à magistrat... Qu'est-ce que c'est, Chambon ?

— On vient de recevoir un coup de téléphone du maire de Rustande.

— Qu'est-ce qu'il veut ?

— Paraîtrait qu'on aurait retrouvé le cadavre d'un gars du coin. On lui a cassé le cou.

— Vous avez son nom ?

— Il s'agit d'un Piémontais.

— Et le coupable ?

— Un certain César Chènnebrun, de Lavillerie.

Ensemble, les deux femmes s'exclamèrent :

— Vous voyez !

S'il y avait une chose dont M. Corbigny avait horreur, c'était de reconnaître ses erreurs.

— J'ai le regret de vous préciser, mesdames, que je n'aime pas votre genre. Chambon, faites-les sortir et revenez me trouver.

Le gendarme était un petit noiraud, sec, poilu, à l'œil brillant. Il brûlait du désir d'être remarqué.

Le gendarme Chambon annonça :

— Ça y est, Chef, elles sont parties.

— Dites-moi, Chambon, vous avez combien d'années de service dans la gendarmerie ?

— Quatorze ans et sept mois, Chef.

— Et pendant tout ce temps-là, vous n'avez pas appris qu'il existe le secret professionnel ?

— Mais, Chef...

— Vous entrez dans ce bureau avec une désinvolture frisant l'irrespect et devant deux étrangères, vous déballez ce que l'on vient de vous confier en tant que gendarme. Stupidité ou provocation, Chambon ?

— Stu... stupidité, sans doute, Chef.

— Dans ce cas, Chambon, je suis dans l'obligation de faire savoir en haut lieu que vous manquez des qualités requises pour accéder à un grade supérieur. Je le regrette, mais c'est mon devoir.

— Oui, Chef.

— Demain matin, vous irez avec Fortin arrêter ce plouc assassin et vous me l'amènerez.

***

Quand Marie et sa mère poussèrent la porte de la maison récupérée à Rustande, elles virent leur père et époux qui, assis face à l'entrée de sa demeure, les attendait.

— D'où c'est que vous venez ?

— On a été se promener en faisant nos courses.

— Vous rapportez pas grand-chose, on dirait ?

— Tout est si cher, à ce jour...

— Et vous avez mis vos robes du dimanche ?

— On voulait en profiter pour rendre visite aux amies.

— Pourquoi vous m'avez pas averti ?

— On n'y a pas pensé.

— Et vous avez pas pensé non plus que je pourrais avoir de l'inquiétude en trouvant la maison vide ?

Antoinette se força à un petit rire à moitié étranglé.

— Tu devais bien te douter qu'on pouvait pas être loin ?

— Eh ! non... justement... surtout quand j'ai appris que vous étiez montées, toutes les deux, dans la camionnette du Victor Leubas... où vous êtes allées ?

— Ben... le hasard... hein ? on a sauté sur l'occasion...

— Pour visiter vos amis ?

— Pour... pour nous rendre à Brazons.

— Tiens donc... Qu'est-ce que vous aviez à foutre là-bas ?

— Rien... histoire de se promener...

Marius se leva doucement, s'en fut fermer la porte au verrou, puis il prit le bâton qu'il emportait toujours quand il gagnait les bois. Tremblantes, les deux femmes le regardaient, les yeux exorbités.

— Des fois, vous auriez pas été à la gendarmerie ?

Dans un chuchotement, Antoinette confirma le fait.

— Pour y dénoncer César ?

Marie s'emporta :

— Et après ? Ça a beau être ton copain, c'est jamais qu'un assassin !

— Je vais te rabattre ton caquet, salope !

Et Roquefeuille commença à infliger à la mère et à sa fille la plus formidable raclée qu'elles aient reçue de leur vie entière. Ceux qui passaient devant chez les Roquefeuille s'arrêtaient un moment pour écouter les cris déchirants d'Antoinette et de Marie, puis reprenaient prudemment leur route. Vaut mieux ne jamais se mêler des affaires des autres.

***

Lorsque Marius entra chez Rochejean pour boire sa chopine, on lui demanda tout de suite :

— T'es au courant ?

— De quoi ?

— Pour le Pietro Tomasi... On a retrouvé son corps...

Le Jeannet ajouta :

— Paraît que ça serait César qui lui aurait fait passer le goût du pain.

Leubas soupira :

— Quand Enrico le saura, il risque d'y avoir du vilain.

Rochejean cogna du poing sur la table.

— Les Piémontais vont quand même pas nous imposer leur loi !

Jeannet soupira :

— Pas besoin des Piémontais, les gendarmes suffiront !

Le cafetier s'emporta :

— Qu'est-ce que tu viens nous emmerder avec les gendarmes. Ils sont pas au courant et...

— Si.

Tous, ils se tournèrent vers Marius qui ajouta :

— Mon Antoinette et la Marie sont allées causer aux gendarmes de Brazons et elles ont dénoncé César.

Leubas résuma l'opinion générale :

— Alors, c'est foutu.

Il prit son verre et quitta la table. Jeannet se leva à son tour :

— C'est pas pour t'offenser, Marius, mais t'as deux sacrées garces chez toi !

— Je sais...

Jeannet s'en fut rejoindre Leubas et Rochejean chuchota :

— On se connaît depuis longtemps, hein, Marius... alors, prends pas mal ce que je te dis : tu ferais mieux de rentrer chez toi... Nous, on aime bien César.

— Moi aussi, sacré Dieu !

— T'as de bizarres façons de le montrer !

***

César était parti pour rencontrer Marius. Il traversa Lavillerie le front bas. Ceux qui savaient feignirent de ne pas le voir, les autres le hélèrent avec de grands appels auxquels il ne répondit pas. Il avançait le regard fixe, sans prendre garde où il posait le pied. Sa marche s'accompagnait d'un bruit sourd de cailloux déplacés et de feuillages froissés. Il tenait ses poings tellement serrés et depuis si longtemps qu'il lui paraissait avoir deux pierres au bout de ses bras, cependant il ne les desserrait pas, persuadé qu'en eux tenait tout son courage.

Le soleil, encore neuf mais déjà clair, s'amusait à toucher d'un rayon chaque cime d'arbre, comme pour les compter ou les reconnaître. Sur le chemin de Rustande, il y avait des trous d'ombre où le froid de la nuit s'était amassé. Parfois, des éclaircies dans la forêt projetaient sur le sentier des plages de lumière.

Au tournant qui domine la vallée, César ouvrit les mains et sa colère s'enfuit. Le souvenir de Berthe, essayant de se dresser devant sa route, lui noua la gorge. Elle devait pleurer maintenant, comme sans doute pleurait la Marie, en bas. D'impuissance, il poussa un gémissement : tout le bien qu'il voulait faire se tournait en mal. Il était temps que ça finisse. César resterait seul dans la montagne puisque tous étaient devenus fous. Quand il aurait expliqué à Marius, il remonterait à Lavillerie, prendrait sa Berthe par la main et tous deux iraient habiter à Beauzères, chez ceux qui ne sont pas pourris.

Le bruit régulier de deux qui montaient au même pas tira César de sa torpeur. Il eut envie de se jeter dans la forêt mais, d'avance, il se sentit las de ces fuites sans issue. Aux chocs répétés des souliers sur le chemin, se mêla bientôt le bruit d'une conversation entremêlée de gros soupirs. Ceux qui grimpaient ne devaient pas être du pays car ils n'avaient point le pas de montagne. Parfois, on entendait le heurt d'une chute, puis un juron épais venait se perdre dans les feuilles. César se força à demeurer immobile. Pour avoir la force de ne pas se sauver, il ferma les yeux pendant qu'il récitait un Pater. Lorsqu'il les rouvrit, les gendarmes de Brazons étaient devant lui.

Un gros et un maigre qui semblaient plus ennuyés que César. Le gros avait pris femme à Rustande. Pendant qu'il fréquentait sa fiancée, le mari de Berthe avait eu l'occasion de jouer aux boules en sa compagnie. Il s'appelait Fortin. Celui-ci adressa un signe à son collègue qui s'avança :

— Ce serait-il pas vous, César Chènnebrun de Lavillerie ?

César haussa les épaules. A quoi bon lutter? Tout l'abandonnait.

— C'est moi.

Fortin lui mit la main sur l'épaule.

— On est venu pour toi.

César se leva. Il tourna un peu la tête vers le haut du chemin au bout duquel il y avait Berthe, Colombet, Beauzères et le vent dans les prés. Encore une fois, il haussa les épaules et tendit les poings. Le compagnon de Fortin lui rabattit les bras :

— T'auras pas trop de tes mains libres par cette saloperie de chemin, pour ne pas te casser la gueule et ne pas nous la faire casser en même temps.

César se plaça entre les gendarmes. Tous trois, posément, se mirent à descendre. Au bout d'un moment, Fortin demanda :

— C'est vrai que t'as tué le Piémontais ?

— Oui...

Qu'est-ce que ça pouvait faire ! Il y eut un instant de silence pendant lequel Fortin lissa sa moustache longue et bien peignée. A ce geste, ses amis savaient qu'il réfléchissait.

— C'est embêtant... conclut-il.

Ils avançaient pesamment, les deux gendarmes pleins de précautions pour ne pas se tordre le pied sur les racines qui pointaient traîtreusement au-dessus du sol. Au bout d'une heure, ils s'accordèrent une courte halte. Fortin, n'en pouvant plus, dégrafa son col. Il évitait de regarder le prisonnier.

César, assis un peu à l'écart, mâchait une menthe sauvage qui lui brûlait la langue. La voix du maigre le tira de ses regrets :

— C'est des nommées Roquefeuille qui nous ont prévenus. Elles sont venues jusqu'à Brazons.

Son collègue, brutal, lui coupa la parole :

— Tais-toi donc !...

Des nommées Roquefeuille... C'était pour César comme si l'air était devenu d'un coup plus épais, tant il peinait à respirer. Antoinette ! Jusqu'à maintenant, malgré le vieux Saulzet et ses menaces, au fond de lui-même, il n'y croyait pas... Qu'est-ce qui lui avait pris à l'Antoinette pour qu'elle ait oublié et la mort du petit Francis et la naissance de la Marie et la bonne amitié de toujours ?... Il se tourna vers les gendarmes :

— Fortin ?

— Qu'est-ce qu'il y a, César ?

— Voilà... Je voudrais que vous me laissiez libre jusqu'à ce soir...

L'autre gendarme se mit à rire.

— Pourquoi ?

— Je peux pas aller en prison tout de suite... J'ai des affaires à régler... Demain, j'irai... Oui, demain...

Encore un coup, le maigre s'esclaffa. Nerveusement, Fortin tirait sur sa moustache.

— C'est pas possible, César... Tu es prisonnier à cette

heure… C'est comme si t'étais déjà en prison puisque tu es avec nous…

Toujours cette incompréhension, cette barrière qui se dressait entre son interlocuteur et lui, dès que César voulait expliquer. Sans espoir, il tenta un dernier effort :

— A cause de Roquefeuille… Je veux lui expliquer qu'il s'est trompé…

Fortin demanda :

— Pourtant, tu nous as avoué que c'était toi l'assassin ?

— Oui…

— Alors, tu vois bien…

César sentait la colère le gagner. Ceux-là, avec leurs bottes, qui ne voulaient pas comprendre !

— Puisque je vous répète…

Le gendarme Chambon se releva.

— Ça suffit ! La vérité, c'est que tu voudrais aller casser la figure à ceux qui t'ont dénoncé ! On la connaît !

Casser la gueule au Marius !

— Salauds !

L'autre bondit :

— Qu'est-ce que tu as dit ?

— J'ai dit : salauds !

Fortin, très embêté, essaya de le calmer :

— Fais attention, César…

César les regarda tous les deux. Le gros compterait peu. Un instant, il balança sur ses jambes, puis d'un coup de reins, se jeta en avant. Fortin reçut le choc en pleine poitrine et partit s'affaler sans connaissance, contre les arbres qui bordaient le chemin. Le sang lui coula du nez en un filet mince qui englua sa moustache. L'autre voulut crier, mais déjà César l'empoignait à bras le corps et d'un effort, le poussait sur la pente. Longtemps, on entendit le craquement des ronces que le gendarme crevait sous son poids.

César se lança dans la descente, vers la maison du Marius.

***

Devant l'âtre, Antoinette coupait le pain pour la soupe. Elle s'appliquait, tirant un peu la langue, à tailler de belles tranches fines que mouillerait le bouillon. La porte qu'on ouvrait ne la fit point se retourner. Il fallut que César se mît à côté d'elle pour qu'elle levât la tête. Elle n'eut pas peur. Pourtant, consciente de sa faute, elle pensa qu'il était venu pour se venger.

— Qu'est-ce que tu veux ?

— Pourquoi, Toinette...

Le nom d'autrefois... Un gros sanglot la gonfla.

— A cause de Marie... Elle aimait le Piémontais...

— J'ai cru bien faire.

— On fait jamais bien quand on tue son prochain.

— C'était pour vous sauver tous...

— On t'avait rien demandé.

Il se laissa tomber sur une chaise, la tête dans ses mains.

— Où est Marius ?

— Je sais pas... On se cause plus.

On le reprendrait avant qu'il ait pu parler à son ami. Antoinette vint à lui :

— Ce que t'as fait, toi !

Il haussa les épaules, ne voulant pas discuter.

— Mais qu'est-ce qui t'a pris ?

Comme il se taisait, elle lui raconta la scène :

— La Marie est rentrée toute blanche, les yeux mangés de fièvre... Ce qui m'a mise en colère, c'est pas tant l'affaire de l'Italien que de voir l'état de ma fille.

— Je t'en veux pas, Toinette... Il y a des choses qu'on commande pas. Maintenant, je repars... Je crois que c'est pas la peine que je te dise au revoir, hein ?

A l'écho de son pas au-dehors, Toinette devina que lui non plus n'avait pas peur.

***

Le hasard voulut que César rencontrât Marius un peu avant l'usine. Ils s'arrêtèrent à quelques pas l'un de l'autre. Ils se regardèrent un moment sans parler. Le premier, Roquefeuille baissa les yeux.

— Je suis venu, Marius...

— T'as eu tort... Les gendarmes te cherchent !

— Ça a pas d'importance...

— Et qu'est-ce qui a de l'importance ?

— Que tu saches !

Encore une fois, César reprit l'histoire. Comme il parlait fort, d'autres s'approchèrent et ils furent bientôt nombreux autour des deux hommes. Alors, en écoutant César, ils connurent le mal de la montagne et la mort de l'Italien. Lorsque Chènnebrun eut bien tout dit, quand il eut raconté la solitude des arbres et les prés où on n'entendrait plus de chansons et les mauvaises herbes qui pousseraient là où les vieux avaient tant travaillé, il affirma :

— Voilà pourquoi j'ai tué le Piémontais.

Dans le silence qui suivit, Marius répondit d'une voix qui tremblait un peu :

— Je te demande pardon pour Antoinette et pour Marie... Seulement toi, tu vois les choses d'une manière qui n'est plus la bonne... Tu es trop en dehors de l'existence... On peut pas toujours vivre avec les arbres...

— Mais tu me comprends toi, Marius ?

— Non... mais je sais ce que t'es...

Encore une fois, César tenta d'expliquer la mort du Piémontais. Marius l'écoutait, le front ridé, tendu dans son effort pour suivre la pensée de son ami. Quand Chènnebrun se tut, Roquefeuille poussa un gros soupir.

— La vie c'est toujours pareil, commenta-t-il. Pour empêcher un mal, on en fait venir dix autres et plus on veut éviter le malheur, plus on l'appelle... Mais t'aurais pas dû tuer, César... Il y a rien qui vaille la mort... Tout vient de ce que t'as oublié ça... Il a été petit comme les autres, ce Tomasi, et t'aurais dû te rappeler combien c'est difficile à élever, les petits... Souviens-toi de ton pauvre Francis...

Sur le moment, César avait cru que Marius l'approuverait et voilà que, de nouveau, il s'éloignait. Résigné, il déclara :

— Tu rediras à Toinette que je lui en veux pas de ce qu'elle a fait... Que plus tard, peut-être, elle me donnera raison...

— Où vas-tu ?

— A Brazons.

En se retournant pour reprendre son chemin, César se trouva en face d'Enrico Tomasi que Leubas et Jeannet essayaient de retenir. La colère faisait trembler l'Italien. Dans sa fureur, il mélangeait les imprécations de sa race à celles des hommes au milieu desquels il vivait :

— Porcume ! Tu es là ! Bandit... assassin ! Sopra il corpo di mio fratello, j'ai juré de le venger... Le sang appelle le sang ! Mio povero Pietro !

Jeannet tenta de l'apaiser mais César l'en empêcha :

— Laisse... Qu'est-ce que tu veux, Enrico ?

— Ta peau !

César se tourna vers Marius :

— Tu vois ? les arbres valent...

Il n'acheva pas. Avant qu'on ait pu arrêter son bras, Enrico lui enfonçait son couteau dans le dos. Jeannet, Leubas et Touillon sautèrent sur l'Italien, le rouant de coups, avant de l'emmener.

Marius, ayant allongé César sur le sol, lui tenait la main. Une écume rose faisait naître des bulles aux commissures des lèvres du moribond. A ce moment, les gendarmes arrivèrent et Fortin gueula :

— Je te tiens, voyou ! Ce coup-ci, tu ne nous échapperas pas !

On vit alors Roquefeuille, la figure pleine de larmes, se planter devant le gendarme :

— Écoute, Fortin, je suis pas méchant mais je jure Dieu que si tu fous pas le camp, je te casse la gueule !

Fortin voulut le prendre de haut, mais ceux qui l'entouraient le regardèrent d'un si drôle d'air qu'il céda.

— Bon... je vois qu'il n'est pas bien... On va attendre un peu plus loin que ce soit fini.

***

Marius soutenait la tête de César avec son bras, essuyant la sueur qui mouillait les tempes de son ami.

— César... César... on remontera... Plus tard... T'en fais pas... On est toujours copains, hein, César ?

Les autres s'aperçurent que César usait sa force pour ne pas sombrer tout de suite dans la nuit. Il ouvrit les yeux, des yeux qui ne voyaient déjà plus. A tâtons, sa main chercha celle de Marius. A travers les bulles de sa bouche, on devina que des mots sortaient. Roquefeuille se pencha et se mit du sang sur la joue tellement il dut se mettre près pour entendre. César souffla avec le bruit d'une branche qui casse et tombe à travers le feuillage de l'arbre. Et puis, d'un coup, sa voix devint claire, comme détachée de ce corps saignant :

— T'as compris... hein ? T'as compris... Je savais bien que tu comprendrais...

Il eut un hoquet qui le secoua tout entier et Leubas cria aux gendarmes qu'ils pouvaient revenir.

***

On avait décidé de confier à Francisque Colombier le soin d'apprendre à Berthe la mort de son mari. Lorsqu'on vint lui dire la mort du grand et la mission qui lui incombait, il jura le nom de Dieu, ne se calmant qu'au moment où les autres invoquèrent la bonne amitié qui le liait au défunt. Les amis partis, il sortit de l'armoire son costume du dimanche, se rasa soigneusement et s'en alla.

***

Devant la soupe froide, Berthe attendait César. Francisque enleva son chapeau, s'excusant d'être entré sans frapper.

— César est pas là, l'avertit Berthe. Je l'attends.

— Je sais...

C'était la première fois que Colombier s'appliquait à pareille démarche.

— Tu voulais voir César ?

— Non...

Berthe se demandait bien un peu ce que le gars venait faire puisqu'il ne tenait pas à rencontrer son homme. Toutefois, elle ne lui posa pas de question de peur de le vexer. Ils restèrent sans parler puis la femme se leva :

— Faut que je chauffe la soupe quand même... Il en aura besoin...

En passant, elle remarqua le chapeau que Colombier avait posé sur la huche, en rentrant.

— T'as mis le costume ?

— Tu vois...

— Tu descends peut-être à Rustande ?

— Non...

Elle s'étonna qu'il soit si beau pour rester à Lavillerie mais, encore une fois, elle n'osa pas l'interroger.

— Je suis là pour te causer du César...

Francisque se décidait. Il n'aurait pas dû commencer comme ça, car la Berthe, tout de suite, s'était mise à pleurer. Maintenant, des tas de gestes dont elle ne saisissait pas la signification, un instant plus tôt, lui paraissaient pleins d'un sens redoutable, les ayant déjà vus faire en des circonstances pas encore oubliées. Elle voulut se défendre, ne pouvant admettre que dans cette cuisine où elle respirait à l'aise, le malheur se soit soudain étalé au point de ne plus laisser un seul petit coin où il ne l'atteindrait pas. Lentement, elle vint vers Francisque et le regarda dans les yeux.

— C'est César qui t'envoie ?

Le gars détourna la tête. Berthe se laissa tomber sur une chaise. Depuis le soir où elle avait vu pleurer son homme, elle savait que le monde n'était plus ce qu'il était les jours passés.

— Alors... le costume ?

— Oui..., approuva Colombier. C'est plus correct...

Elle sanglotait avec de grands efforts qui la faisaient trembler. Francisque se frottait machinalement les mains, ne sachant plus que dire.

— Berthe... faut pas te manger les sangs...

Entre deux hoquets, elle expliqua sa misère :

— Après le petit... mon César... c'est pas juste !

— Non, c'est pas juste..., admit l'autre. Mais qu'est-ce que tu veux...

Quand elle eut pleuré tout son saoul, elle demanda :

— Comment c'est arrivé ?

Colombier ne voulut pas raconter l'affaire du Tomasi.

— Un accident... il a pas souffert...

— Il était si brave, murmura-t-elle. Où il est ?

Francisque se leva :

— On va te l'amener... Je suis venu devant pour t'apprendre...

— Je te remercie... César t'aimait bien.

— C'est pour ça, affirma Colombier. Alors, voilà, Berthe, on va te l'amener... Prends ton courage... On est de cœur avec toi.

Il s'en alla après avoir serré la main de la veuve. Dehors, il enleva sa cravate et défit le col qui l'étouffait.

***

Ils n'étaient que quatre à se relayer. N'en pouvant plus, ils déposèrent le brancard sous un sapin.

— Il doit faire dans les cent quinze...

Leubas s'essuyait le front avec un mouchoir à carreaux.

— Un costaud...

Pour se redonner du courage, Jeannet but un coup de vin. Assis près du cadavre, Marius s'effrayait de l'immobilité que soulignait le drap recouvrant le mort. Juste à cette place, lors de la remontée, César avait mangé en compagnie de Roquefeuille. Il s'était tellement régalé du gâteau de l'Antoinette et maintenant... Marius, se penchant sur son copain, l'interrogea à voix basse :

— Tu te rappelles... dis... tu te rappelles... ?

***

Francisque parti, Berthe resta un long moment assise, en espérant endormir son mal. Pourtant, il fallait préparer la chambre pour recevoir César. Elle monta l'escalier qu'il avait descendu, au matin, pour la dernière fois. Lorsqu'elle fut près du lit où jamais plus elle ne sentirait la chaleur de son époux, le chagrin lui remonta d'un seul coup à la gorge et sur l'édredon, elle s'abattit, suffoquant. Avec des gémissements de petite fille, elle appela celui qui ne pouvait plus l'entendre. Elle lui cria ce que serait son existence seule, toute seule... Ah ! si elle pouvait mourir elle aussi ! Mais la vie, ça s'accroche, surtout quand on n'en veut plus ! Elle devrait repasser par les misères qu'elle avait connues lors de la mort du petit. On viendrait, on jetterait de l'eau bénite sur le César et puis après les consolations, on la laisserait avec ce vide, ce grand vide que plus rien ne viendrait combler. Du placard où ils étaient soigneusement pliés, elle sortit les effets de son homme. A chaque vêtement, elle trouvait de nouvelles forces pour pleurer.

Quand elle eut mis sur la table de nuit le bol où l'on verserait l'eau bénite, qu'elle eut décroché le crucifix du mur et le morceau de buis poussiéreux qui le surmontait, elle redescendit. S'asseyant près de l'âtre, elle commença une attente qui ne cesserait que le jour où, à son tour, on lui passerait des vêtements propres et qu'on lui joindrait les mains sur un chapelet.

* * *

Ils étaient tous venus pour l'enterrement. Devant les proches, le curé, monté de Rustande, avait béni le corps. On s'apprêtait à partir pour le cimetière. On en désigna un de chaque village pour porter le cercueil.

En tête, le curé avec l'enfant de chœur. Puis, le mort. La Berthe venait ensuite, soutenue par un cousin de Saint-Flour qui s'était dérangé exprès pour faire honneur à la parenté. Derrière, le Colombet. Il ne pleurait pas, mais ce qu'il y avait dans ses yeux était pire que des larmes. Et puis, les autres...

D'habitude, les enterrements sont des prétextes à rencontres. On y cause des coupes et des prix. Mais, cette fois, on portait le César en terre et chacun se sentait touché dans son affection. Les hommes avançaient, le chapeau à la main, sans cette envie de parler qui les prend d'ordinaire dès qu'ils sont en compagnie. Les femmes s'arrêtaient de réciter leur chapelet pour s'essuyer les yeux.

César, c'était César.

Au moment où le Moulédous aidait Planet à faire glisser la bière dans le trou, Berthe poussa un cri et tendit les mains en avant comme pour les empêcher. Un à un, ils jetèrent une pelletée de terre sur le cercueil. Marius pleurait à gros sanglots. Colombet s'agenouilla en appelant : « César... César... César... » et de ses vieilles mains, il prit deux poignées de terre qu'il laissa doucement tomber dans la fosse.

Parce que c'était la coutume, et qu'il ne lui semblait pas possible de s'y soustraire, Berthe — se raidissant dans son chagrin — se tenait à la porte du cimetière. A son côté, le cousin de Saint-Flour faisait ce qu'il pouvait pour paraître désolé. Colombet s'était placé tout près de ce dernier.

Le premier qui vint à la veuve fut le Machuret. Il lui prit les mains sans parler. Clavette avait préparé quelque chose mais, quand il fut devant la Berthe, il ne put que dire :

— Pauvre César...

Les femmes embrassaient Berthe avec des hoquets de détresse sincère. Elles se voyaient à la place de la veuve, puis couraient vite prendre leurs hommes par le bras, pour bien se prouver que ce n'était pas vrai.

Devant Berthe, Marius, sa femme, sa fille restaient les bras ballants, incapables de prononcer un mot. Le cousin de Saint-Flour, qui s'ennuyait, était parti pour payer le coup aux porteurs, ainsi qu'il se doit. Au moment où Roquefeuille se décidait à parler, l'Hippolyte se dressa devant lui.

— Qu'est-ce que tu viens foutre ici, Judas ?

Roquefeuille ne savait que répondre et le vieux continuait :

— C'est à cause de toi et de ta garce de fille qu'il est dans le trou, notre César ! César qui croyait à ton amitié... T'es un fameux salaud, Marius.

Marie voulut défendre son père :

— César était un assassin !

— Et toi, une petite salope !

— Moi ?

— Oui, toi ! Parce que t'avais le feu aux fesses, ils sont morts, le César, le Pietro Tomasi et son frère finira sa vie en prison. Alors, de quel droit tu traites les autres d'assassins ?

Antoinette entraîna son mari et sa fille. Colombet se tourna vers Berthe, tortillant entre ses doigts les bords de son chapeau. Sans lever les yeux, il chuchota :

— Le grand César...

Malgré ses efforts, quelque chose l'empêcha de continuer. Le chagrin du vieux délivra la douleur de Berthe. Colombet s'assit par terre, la femme appuyée contre lui. Il la prit dans ses bras. Maintenant qu'on n'avait plus besoin de cacher le mal, il se sentait à son aise.

— Ma Berthe, ton homme, c'était un fameux. Il y en avait pas de plus vaillant et point d'autre qui connaissait mieux la montagne. Je l'aimais bien. Si j'avais pu partir à sa place, ç'aurait été de bon vouloir, tu sais ?

Avec de petits hochements de tête, elle approuvait l'éloge funèbre que ce vieux, noir comme un genévrier, lui faisait de son mari.

***

Dans le char à bancs, on entassa ce que Berthe possédait de plus utile : le linge, la vaisselle neuve et l'armoire. Le cousin, les guides aux mains, attendait. Autour de la voiture, tous ceux de Lavillerie guettaient la veuve pour lui adresser un dernier adieu.

Elle sortit et referma soigneusement la porte, tenant à la main un baluchon où elle avait enfermé des souvenirs précieux pour elle. Elle avançait lentement, ne pouvant cesser de regarder sa maison. Installée sur la voiture, elle adressa un pauvre sourire aux amis et se pencha vers la Rose Anthème :

— Eux, je te les confie, des fois que je serais longtemps sans remonter...

Eux : César et le petit.

L'homme de Saint-Flour fit claquer son fouet, le cheval donna un violent coup de reins pour démarrer la carriole. Berthe à son tour abandonna la montagne.

7

De retour à Rustande, Marius annonça à Marie :

— Tu peux plus rester ici...

La jeune fille s'emporta :

— Et pourquoi que je resterais pas ?

— Parce que t'as assassiné César, misérable ! et que tu nous as déshonorés ! C'est pour ton bien que je te dis de partir. Les gens te détestent autant qu'ils aimaient César... Pour eux, t'es pire qu'un monstre ! Tuer son parrain, c'est un peu tuer son père...

— Et Pietro ? et Enrico ?

— Ceux-là je vais te confier une bonne chose : on s'en fout ! Ils sont pas de chez nous !

— C'est pas une raison !

— Si, c'en est une, et t'aurais dû le comprendre avant d'aller jouer à la Marie-couche-toi-là avec tes Italiens !

Antoinette protesta :

— T'as pas le droit de causer de la sorte à ta fille ! surtout que tu sais que la Marie s'est pas mal conduite ! Tu devrais avoir honte !

— Et vous autres, bougres de garces, vous avez pas honte de ce que vous avez fait ?

Elles ne répondirent pas parce qu'il n'y avait rien à répondre, et parce qu'elles savaient qu'à cause de leur dénonciation leur cœur saignerait jusqu'à la fin de leurs jours.

— Marie, tu vas écrire à la tatan d'Aurillac... pour qu'elle te trouve une place dans une bonne maison bourgeoise.

Antoinette commença à se tamponner les yeux en gémissant :

— T'arraches une fille à sa mère !...

— Fous-moi la paix, Antoinette, sinon tu vas prendre la raclée ! Marie, à Aurillac, t'essaieras de te faire oublier... Pour nous, on va tenter de continuer à vivre. Ça sera dur...

Mme Roquefeuille s'exclama :

— Dirait-on pas que c'était le Bon Dieu, ce César ! et...

Une énorme gifle lui coupa la parole.

— César, tu peux pas comprendre qui c'était... Meilleur que nous tous... L'Hippolyte a eu raison de me crier que je ressemblais à Judas et Judas, tu sais comment qu'il a fini ?

***

César enterré, Berthe et Marie parties, la vie s'efforça de reprendre dans Lavillerie.

Quoi qu'on fît, on ne pouvait s'empêcher de penser au César ; et de ne plus le voir déboucher, le soir, du chemin des Chirouzes, comme autrefois, de ne plus l'écouter bavarder, près de la fontaine, on ne pouvait pas s'y faire.

Avec ça, l'automne pourrissait. Pas une journée où il ne plût, et toujours ce damné brouillard plus désespérant que les bourrasques les plus violentes. On travaillait dans l'humidité. En rentrant, on était tellement las qu'on perdait le goût de causer. Le caractère des hommes devenait pareil au temps. Jamais la Julie ne reçut autant de coups et le Georges Tourniac coursait parfois sa Rosalie jusqu'au milieu du village, en la traitant de pute et de garce.

Au retour du bois, afin de ne pas passer devant la cabane du César, les hommes s'imposaient de longs détours.

Il y eut des disputes. Biganon — un paisible, pourtant — et Tourniac en vinrent aux mains. Après l'ennui, la haine. On commença à s'éviter. La Julie et la Benoîte ne s'adressèrent quasiment plus la parole, allant chercher l'eau chacune à un moment différent.

La maison de ce malfaisant de Saulzet, trop hâtivement remontée, s'effondra. Il y en eut qui chuchotèrent que c'était César qui se vengeait. Le vieux ne cessait de gémir sur ses douleurs et qu'il fallait être perdu de Dieu pour mener une existence pareille. Dans le fond, on l'approuvait mais pour se donner illusion, on l'obligeait à se taire en l'injuriant.

Bientôt, il fut inutile d'aller à la forêt. Le bois coupé se gâtait sans sécher. Désœuvrés, les gars restèrent dans leurs maisons où, pour un rien, des colères de bêtes les aveuglaient.

Comme chez tous ceux qui s'ennuient, des histoires idiotes se mirent à courir. Plusieurs affirmèrent qu'ils avaient entendu des cris et des appels au Château du Toil. Sûr et certain que le Piémontais, mort sans confession, devait demander des messes. D'abord on rit, puis peu à peu, le froid et la pluie aidant, une gêne se glissa parmi les habitants de Lavillerie et le soir où la Blanche, affolée, raconta qu'elle venait de voir le grand César sur le seuil de sa maison, les plus courageux mirent une grosse barre de chêne derrière leur porte.

Pour ne pas s'écouter vivre, Lavillerie se replia sur lui-même.

* * *

Ceux de Verdagne et de Beauzères ne descendaient plus à Lavillerie. On aurait pu croire qu'ils en voulaient au village tout entier de ne pas s'être rangé aux côtés du César et de l'avoir laissé emmener par les gendarmes. Quant aux gens de Rustande, ils les tenaient pour des assassins. Le Moulédous se montrait bien encore en bas, quand le temps n'était pas trop mauvais, mais il ne causait à personne et feignait de ne pas voir les mains qui se tendaient, ni d'entendre les appels amicaux. Alors, après la messe, ayant vu s'éloigner le Julien, les Rustandois se retrouvaient chez Rochejean et il y en avait toujours un pour soupirer.

— Ce Moulédous, tout de même...

Un autre expliquait :

— On dirait qu'il nous connaît plus...

Jeannet ajoutait :

— Tous ceux de la montagne...

Le cafetier renchérissait :

— Je leur ai pas servi un canon depuis la mort de César !

Brusquement, le silence. Chacun revoyait le grand, cette belle force tranquille... Leubas chevrotait :

— Pauvre César...

Et de compléter son regret par un « saloperie de Piémontais !... » qu'il accompagnait d'un juron à se faire foudroyer sur place par le Bon Dieu au cas où Il aurait eu de la rancune.

Enrico Tomasi ne se remettait pas à l'hôpital d'Aurillac. S'il réussissait à échapper à la mort, ce serait pour aller passer le meilleur de son âge en prison. Les Italiens ne venaient plus au café. Le maire, approuvé par le sous-préfet, leur en avait interdit l'accès, et Rochejean se lamentait :

— Les gars de la montagne qui descendent plus, les Piémontais qu'ont plus le droit de boire chez moi, comment voulez-vous que je tienne le coup ?

Les Roquefeuille ne se promenaient jamais dans le village. Antoinette envoyait faire ses commissions par d'autres.

* * *

Un dimanche où le ciel gris était d'une tristesse irrémédiable, Marius annonça à sa femme :

— Je vas profiter de ce qu'il pleut pas pour aller chercher nos dernières affaires là-haut. J'ai demandé à Jeannet de me prêter sa carriole et le cheval.

— Tu veux que je t'accompagne ?

— Vaut mieux pas !

Tout le long de la route où il avançait à pas lents, Marius

était hanté par les souvenirs. Il se rappelait le jour où, tous, ils remontaient à Lavillerie, des chansons aux lèvres et de la joie plein le cœur. Roquefeuille n'avait qu'à fermer les yeux pour entendre la voix de César, le rire de César, les cris de César. Seigneur, que leur était-il arrivé, à tous ? On se croyait heureux alors... et maintenant, on était dans la peine, une peine dont on ne pouvait espérer sortir puisque personne ne rendrait la vie à César. Marius, lui aussi, avait tout perdu dans cette affaire. La Marie, qui se trouvait en place à Aurillac, n'écrivait pas à ses parents. Elle leur en voulait de l'avoir pratiquement reniée, du moins aux yeux des habitants de Rustande et de Lavillerie. Quant à Antoinette, un fossé s'était creusé entre elle et son mari. Ils ne se parlaient plus guère et Toinette se réfugiait dans la prière. Chaque jour, elle avait honte de ce qu'elle avait fait et elle suppliait Dieu de lui pardonner sa trahison. Elle détestait sa propre fille qu'elle rendait responsable.

En arrivant à Lavillerie, Marius fut frappé par l'aspect étrange des lieux. Il revoyait les villages abandonnés qu'avec son régiment il traversait pendant la guerre, dans un silence d'outre-tombe et, souvent, dans une odeur écœurante. Ici, ça ne sentait pas mauvais, mais on n'entendait rien et c'est cela qui effrayait le plus Roquefeuille. Instinctivement, il ralentit encore son allure dès les premières maisons. Et en voilà un qui apparaît sur son seuil. Marius reconnaît Clavette, un bon ami d'hier.

— Comme ça, te revoilà ?

— Tu vois.

— Tu viens pour plusieurs jours ?

— Seulement le temps d'embarquer ce qui reste dans la maison, et puis...

— Bien sûr...

Clavette hausse les épaules et rentre chez lui, sans même offrir à Marius de boire un canon.

D'autres arrivent. Roquefeuille salue Ollières, Tourniac, Vaumas, Anthème. Il y a une gêne qui règne entre Marius et ses amis. On parle peu, juste ce qu'il faut pour rester polis. On devine qu'ils sont pleins de questions et qu'ils n'osent pas les poser. Ils ne veulent pas montrer leur faiblesse. On aide Roquefeuille à charger le buffet en bois de fayard, construit de ses propres mains, juste avant de se marier, une belle pièce pleine d'odeurs, des outils qu'il n'avait pas eu la place de caser la dernière fois et puis ces bêtises qui font partie de la vie par leur seule présence : les chromos venus d'un marchand de chaussures du Puy, la photographie de l'église Notre-Dame des Neiges à Aurillac, laissée par un oncle, un morceau de rosaire que l'Antoinette tenait absolument à avoir au-dessus de son lit et une grosse pierre bleue dont la Marie s'était amusée, enfant.

Lorsque tout est amarré, ficelé, fixé, il offre à boire. Ils ne disent toujours rien et l'heure sonne où il faut repartir. On essaie de le retenir à dîner mais il refuse. Antoinette l'attend. Elle tirerait peine s'il était en retard. Alors, Ollières prend l'air le plus indifférent qu'il peut pour demander :

— Qu'est-ce que tu deviens, à Rustande ?

Ça ne plaît pas au Marius de parler de ces choses dans le pays où dort César, mais il ne peut pas ne pas répondre...

— Je travaille à la « boulotte » comme autrefois, M. Ponchot m'a redonné ma place.

— Tu gagnes bien ?

— Douze francs.

— Et le Tomasi, dit encore quelqu'un, où est-ce qu'il est ?

— Toujours à l'hôpital. Il essaie de pas y crever, le salaud !

— S'il s'en tire, il passera aux assises et peut-être que tu seras témoin ?

— Ça se pourrait...

Jean-Marie Colombier n'a pas voulu parler à Marius, estimant que son amitié pour César le lui interdit. Pourtant, quand il voit Roquefeuille sur le point de partir, il s'enquiert :

— Tu reviendras parmi nous ?

Marius évite de le regarder :

— La montagne, pour moi, c'est fini...

Déjà, il empoigne les montants de la voiture et pose le pied sur la roue pour grimper quand il s'exclame :

— Bon Dieu ! et la girouette que j'oubliais !

— Tu l'emportes ?

— L'Antoinette la veut... Elle dit que son bruit lui tient compagnie...

On lui passe une échelle. La girouette est mise sur le devant de la charrette, entre les pieds du conducteur.

A Lavillerie, avant de se coucher, on a l'habitude de regarder la girouette des Roquefeuille, histoire de deviner quel vent tripotera le ciel, dans la nuit. Ce soir-là, quand ils s'aperçoivent que le toit du Marius est vide, ils réalisent qu'il est vraiment parti.

***

Alors, ils n'y tinrent plus. Les femmes rêvaient des sous que gagnait Roquefeuille, les hommes pensaient aux travaux de l'usine où l'on ne se soucie pas du temps. Antonin Lapouyat et Jules Gray étaient les plus enragés, mais ils ne voulaient pas que la descente soit leur œuvre. On ne savait pas ce que serait l'avenir. L'exemple du César ne s'oublierait pas de si tôt. Pour que tout se passât bien et fût comme chacun le souhaitait, il aurait fallu que les habitants de Lavillerie se lèvent de meilleur matin, un jour et, sans se parler, qu'ils se rencontrent au départ de la descente, le baluchon au bras. Ainsi, ça serait la faute de personne. Seulement, si on espérait un pareil miracle, l'hiver pouvait finir et d'autres hivers venir et passer.

Sous prétexte de savoir si des acheteurs de coupes s'annonçaient, Lapouyat et Gray se rendirent à Rustande. On guetta leur retour avec impatience. L'histoire des acheteurs, personne n'y croyait. Ils remontèrent assez tard dans la nuit. Le froid empêcha qu'on les attendît. Le lendemain, ils ne firent cas de rien et à ceux qui leur réclamaient des nouvelles, ils répondaient qu'il n'y avait pas d'affiches annonçant des achats. Ils mijotaient leur plan. A midi, quand il n'y eut plus personne dans les bois, les deux amis s'assirent près de la fontaine, et petit à petit, Lavillerie s'agglutina autour d'eux. L'affaire fut bien menée. Lapouyat fit remarquer que le vent était drôlement froid. Gray répliqua que dans la vallée l'air était plus tiède. Maintenant que Jean-Baptiste Touillon assurait le courrier de Brazons, tous les jours, on trouvait ce qu'on voulait chez l'épicier. Ainsi eux, la veille, ils avaient bu un grog américain ! C'est pas ici bien sûr... Et comme ça pendant plus d'une demi-heure.

Lorsqu'ils sentirent les autres à point, la langue toute sèche d'envie, ils leur lâchèrent, d'un trait, les nouvelles : le deuxième groupe de bâtiments en aval de la Seuille serait commencé dans une quinzaine. Lapouyat tenait de Rochejean que l'embauche allait être ouverte sous trois jours. Gray affirma que M. Ponchot était décidé à n'appeler les Piémontais que s'il ne trouvait pas une main-d'œuvre suffisante dans le pays. Ensuite, malins, ils parlèrent d'autre chose, de la demande des acheteurs en fagots d'écorce et de petites branches, pour les boulangers. Vers une heure, on se sépara. Chacun emportait, collées à la peau, ces histoires qui leur enlevaient le goût du travail.

***

Tout de suite après l'enterrement du César, Colombet était remonté à Beauzères, se sentant désarmé devant le mal qui rongeait la montagne. Plus de deux mois, il resta tapi, ne voulant voir personne. Le seul qui pouvait l'intéresser ne viendrait plus. Il apprit le départ de Berthe sans s'en étonner. Les femmes sont toujours les mêmes, pas plus de courage que des chèvres. Plein de dégoût, il se mura dans sa cahute et Brinquetaille y vint frapper, sans pouvoir obtenir de réponse.

Son désespoir usé jusqu'à la dernière goutte, le vieux sortit sous prétexte de rendre visite au Moulédous. De vrai, il voulait se rendre compte de quelle façon la maladie grandissait en bas.

Julien ne changeait pas. Pas plus loquace, il continuait de vivre en amont de Lavillerie avec son chien, Flanelle.

Le plus gros de l'estime d'Hippolyte pour le Moulédous tenait à ce que celui-ci savait encore se taire, à la différence de ces jeunes se figurant que parler donne l'expérience. Julien était un peu comme un reflet de César.

***

Colombet avait décidé d'aller saluer le pauvre Chènnebrun. Moulédous l'accompagnait. En traversant Lavillerie, le vieux n'eut pas besoin de les interroger pour voir que la maladie les infectait tous. Déjà, en passant à Verdagne, il avait eu la même impression. Les villages sont pareils aux hommes, la santé s'y traduit par le bruit clair de la vie.

Sur la tombe de César, les herbes poussaient dru. Machinalement l'Hippolyte arracha du liseron, Moulédous avec son bâton écrasa des coquelicots.

Pour dire quelque chose, le Julien remarqua :

— Il en aura retrouvé des pareils à lui...

— Des bons, ceux-là — et du doigt, Colombet montrait les croix —, s'ils étaient avec nous, y en a pas un qui aurait bougé !

Il attendit encore un instant pour livrer le fond de sa pensée.

— Vois-tu, mon Julien, vaudrait mieux qu'ils s'en aillent. De savoir ce mal vivant au ventre de la montagne, ça me donne peur. C'est comme un qui aurait la pourriture au bras. On travaille tant qu'on peut pour lui garder son bras, mais quand il y a plus moyen, ça n'a pas d'importance de le lui couper puisqu'on lui sauve la vie...

***

Ils étaient trop saouls d'histoires, trop las des fatigues d'un automne pénible, trop envieux de plaisirs que la rudesse du temps rendait plus désirables, pour continuer.

La crise éclata brutale, violente et, quand ils se retrouvèrent à Rustande, ils ne purent pas s'expliquer comment cela s'était fait.

***

Il pleuvait depuis le matin. Les hommes, près du feu, écoutaient passer les heures, attendant la nuit pour se coucher.

Assis dans le fauteuil un peu dépaillé où son père s'était assis trente années durant, Lapouyat fumait sa pipe. Les yeux mi-clos, il regardait sa femme aller et venir, rangeant la vaisselle du dîner. Elle n'avait jamais été jolie la Marie-Paule mais à présent son visage maigre et déjà ridé prenait la couleur du lard rance. Pas gai de vieillir surtout quand on n'a point l'occasion de se distraire. Les arbres, c'est bien beau, seulement on n'est pas des arbres et on a besoin de bouger, de voir du monde, de causer de ce qu'il se passe ailleurs. A Lavillerie, on ressemblait à des bêtes sauvages coincées dans leurs tanières par le mauvais temps.

Lapouyat gagna son lit et, quand sa femme le rejoignit, il s'écarta le plus possible. Elle le dégoûtait parce que tout le dégoûtait. Il fut long à s'endormir et, lorsqu'il eut trouvé le sommeil, ce fut pour être la proie d'un cauchemar : il s'agrippait au bord d'une tombe pour essayer d'en sortir. En dépit de ses efforts, il ne parvenait pas à s'échapper, car César le tenait par les pieds. Il se débattit, cria et la Marie-Paule, réveillée en sursaut, s'étonna :

— Qu'est-ce que t'as ?

— Si on te le demande, tu diras que t'en sais rien.

— Comme tu me causes !

— Je te cause comme ça me plaît et si t'es pas contente, c'est du pareil au même ! T'as compris ?

Elle comprenait, la Marie-Paule, que son homme, pour des raisons qu'elle ignorait, cherchait qu'une occasion de la cogner. Prudente, elle se tut.

Antonin n'avait plus fermé l'œil de la nuit. A l'aube, il se leva, d'une humeur massacrante. Il en avait marre, marre, marre ! Il secoua sa compagne :

— Alors, tu te lèves, feignante ?

Elle se dépêcha, tout en se creusant la tête pour essayer de deviner ce que son homme pouvait bien avoir. Il avala sa soupe sans un mot, se leva, s'étira, alla ouvrir la porte et, debout sur le seuil, regarda le brouillard qui arrivait en traînées légères. Il grogna :

— Putain de temps !

Sa femme cria :

— Mets au moins ton chapeau !

Mais Tonin était trop désespéré pour se soucier du froid et de l'humidité. Il ne sentait que cette amertume l'habitant depuis des jours et des jours et qui, peu à peu, sans qu'il en prît clairement conscience, s'était muée en une colère furieuse. Il en voulait à tout le monde et à lui aussi pour n'avoir pas le courage de quitter définitivement ce pays de misère.

Lapouyat arriva au puits où déjà quelques commères bavardaient on ne savait de quoi. Brusquement, Antonin — comme si quelqu'un d'autre criait à sa place — hurla :

— J'en ai marre ! je m'en vais ! J'en peux plus ! Je fous le camp !

Les femmes le fixèrent d'abord un peu effrayées, puis elles se rapprochèrent.

— T'as raison...

— C'est pas une vie !

— Si on pouvait filer avec toi...

— Elle en a de la chance ta Marie-Paule !

A leur tour, attirés par le vacarme, les hommes s'amenèrent.

— Qu'est-ce qu'il y a ?

— C'est l'Antonin qui part !

— Tu t'en vas pour de bon, Tonin ?

— Oui, j'en peux plus. J'attelle le mulet et hop ! au revoir la compagnie !

Ces dernières paroles tombèrent dans un silence inquiet. Puis le Jules Gray dit :

— Ma foi, mon gars, je crois que je vas partir avec toi !

Alors, les uns après les autres, ils cédèrent à l'envie qui les dévorait sans qu'ils osent se l'avouer.

— Moi aussi !

— Et moi de même !

Les femmes ne se laissèrent pas convaincre tout de suite, mais quand, une heure plus tard, elles virent la Marie-Paule mettre des paniers de vaisselle et des baluchons de linge dans la charrette de son homme, elles ajoutèrent foi au bonheur promis et se hâtèrent de filer rassembler leurs affaires parmi des cris, des appels joyeux, des chansons. Cela faisait un tel bruit que, là-haut, le Moulédous se demanda ce qu'il se passait à Lavillerie. Il gagna une légère avancée de terrain qui lui permettait de tout voir et d'attraper l'écho d'un remue-ménage qu'il ne s'expliquait pas. Il se pencha au-dessus du vide en se tenant au tronc d'un pin et demeura bouche bée : Lavillerie recommençait à vivre. On entendait des rires de femmes, de bons gros jurons et des hennissements. Julien descendit pour mieux se rendre compte. A la première maison, il comprit. Comme quelqu'un qui va mourir, le hameau usait ses dernières forces.

Le Moulédous rentra chez lui, s'assit auprès de l'âtre, appela Flanelle pour lui gratter la tête derrière l'oreille, puis bourra une pipe qu'il se mit à fumer lentement car il n'y avait plus rien d'autre à faire.

***

Les voitures étaient prêtes. Lapouyat, qui ouvrait la marche, n'attendait qu'un signe de Gray pour pousser sa bête vers la vallée entraînant le pays derrière lui. Julien hurla :

— Vas-y, Antonin !

Lapouyat se dressa sur son siège, levant bien haut son fouet, regarda une dernière fois ce qu'ils abandonnaient sans espoir de retour et laissa retomber son bras.

Une partie de la montagne s'ébranla.

8

Tout revenait comme avant. Entre la vallée et la montagne s'étendaient le désert de la forêt et le désert plus désolé encore des maisons abandonnées.

Il fallut à peine une dizaine de jours pour que Lavillerie reprenne l'aspect immobile qu'il avait déjà lorsque César et ses amis y étaient remontés. La forêt s'empare vite des maisons que les hommes délaissent, tant il est vrai que les demeures sont faites pour qu'on y vive.

La dernière voiture disparue, il y eut une nuit entière de silence. Au matin, profitant de ce que la neige ne se montrait pas encore, une ronce née de la veille dépassa la limite que les hommes assignaient aux plantes. A midi, le village était tâté sur plusieurs points à la fois. Le lendemain, le vent s'étant mis de la partie, l'invasion commença. Le vent des hauteurs est toujours un peu fou, sans doute parce qu'il ne cesse de se cogner aux rocs et aux arbres, et qu'à dévaler les ravins, à franchir les torrents il perd de son bon sens. Il s'employa à porter de la terre dans les encoignures des maisons où les graines des plantes vivaces attendirent paisiblement le moment de germer.

Avec les plantes, les bêtes. La première qui se risqua dans Lavillerie — l'odeur de l'homme presque complètement balayée du village — fut un renard. Les caves, s'ouvrant par d'étroits soupiraux, offraient de belles tanières. Les nocturnes vinrent faire ripaille de rats et s'installèrent dans la grange du Marius dont la porte était restée ouverte. Les lézards adoptèrent le bord de la fontaine où l'on sentait le mieux le maigre soleil de midi. En quelques semaines, le hameau abandonné retourna à la forêt.

Ce matin-là, Moulédous décida de chasser les grives. Les neiges de la nuit portaient l'empreinte en étoile des oiseaux. Toute la soirée de la veille, il avait préparé des gluaux de noisetiers, les meilleurs, ceux qui sèchent le moins vite. Le jour se levait à peine quand Julien, accompagné de Flanelle, descendit vers Lavillerie, ses bâtons sous le bras et un sac de baies de genièvre à la ceinture. L'endroit qu'il avait repéré se situait en aval du village, à gauche du cimetière. Le bruit de ses pas provoqua des fuites tumultueuses à l'intérieur des maisons. En passant, il remarqua que le toit de Roquefeuille fléchissait. Il songea, un moment, à venir l'étayer puis renonça. A quoi bon ? Tôt ou tard, il fallait que ce toit cédât comme les autres toits céderaient, comme doivent céder tous les toits qui n'abritent plus rien.

L'air était vif. La neige dressait déjà des congères aux endroits que le vent ne pouvait atteindre. Ce mois de décembre s'annonçait rude. Moulédous pensa tout à coup à ceux de la vallée, à la tiédeur de leurs foyers, à l'église où, sans doute, on commençait à préparer les guirlandes de la messe de minuit. Le regret lui vint des fêtes de jadis, des nuits de Noël où l'on racontait des histoires, devant l'âtre, en arrosant de vin blanc les châtaignes grillées. Julien, assis au pied d'un sapin, s'engourdissait dans ses rêves morts. Un paquet de neige que son poids détacha d'une branche lui glissa dans le cou. Il poussa un juron qui le replongea dans la réalité. Redressé, il contempla la forêt où chaque arbre portait un linceul. C'était encore plus beau qu'à l'église.

Les semant à la volée, Moulédous, augmentait ses poignées de baies et restreignait l'espace de leur lancée à mesure qu'il approchait de l'endroit où il voulait poser ses gluaux. Autour de chacun d'eux, il éparpilla un peu plus de fruits pour que les oiseaux, affolés par la friandise, en oublient leur méfiance naturelle. Ce travail achevé, Julien plia soigneusement le sac vide et, tout en allant rejoindre Flanelle qui l'attendait au sortir du hameau, il effaça ses vilaines traces d'homme avec une branche feuillue.

De loin, Moulédous aperçut Colombet. Le vieux avait mis une casquette en peau de lapin dont les oreillères, qui n'étaient plus retenues depuis longtemps par un bouton ou un lacet, lui donnaient une allure de chauve-souris.

Julien parla le premier.

— Je viens des grives...

— C'est le moment...

— Et toi, qu'est-ce que tu fabriques ?

— Je regarde...

— Tu regardes quoi ?

— Ça ! fit l'Hippolyte en montrant le village.

— C'est triste...

— Non, grogna Colombet, c'est poison !

Ils marchaient à la même allure, faisant le tour du pays pour se rendre compte des dégâts.

— M'est avis, expliquait le vieux, que le mal s'en ira point tant que ces foutues maisons seront pas par terre, tant qu'on n'aura pas enlevé aux autres une raison de revenir par ici.

Moulédous opinait de la tête, sachant Colombet beaucoup plus malin que lui.

— ... et puis, continuait le vieux, j'ai peur qu'au printemps, l'envie de l'herbe et des soirs dans la forêt les reprenne. A force de remonter et de redescendre, ils finiront par entraîner les nôtres...

Moulédous approuva.

— Sûr et certain que ça pourrait leur donner des idées...

— Je te le fais pas dire. Ce qui faudrait, c'est une bonne barrière entre eux et nous...

— Une barrière, c'est ça...

Le vieux parlait doucement, baissant exprès la voix pour forcer son ami à l'écouter mieux.

— Seulement, voilà : comment la construire cette barrière ? Y a guère moyen...

— Y a guère moyen, c'est juste...

Colombet regarda son ami par en dessous et chuchota :

— A moins qu'on foute le feu ?

Julien sursauta. Le feu, c'est le grand ennemi. Le Colombet était fou ! A son âge, il devait pourtant avoir appris que le feu, si on sait où il commence, personne peut dire jusqu'où il peut aller. Des histoires de forêts flambant dans la nuit, de fuites de bêtes, d'hommes brûlés, qui avaient meublé son enfance, lui revenaient en mémoire, l'empêchant d'entendre Hippolyte.

— On choisirait un soir que le vent souffle du nord... Avant qu'ils s'en aperçoivent, ça serait tout bouffé, t'entends ? tout !

Juste à ce moment, ils longeaient la demeure de César. Julien empoigna son compagnon par le bras et le mena dans la grange qui béait :

— Regarde, Hippolyte, regarde ! Y a pas besoin de feu, elles se chargeront de bouffer les maisons avec leur mal.

Et il arracha, à poignées, des orties jaunies à qui la protection des murs avait donné l'illusion d'un automne encore chaud et que le gel venait de tuer.

***

Colombet voyait bien. Le mal n'était point mort. Tapi au fond des maisons vides, il attendait pour sauter sur le premier qui passerait. Le matin de sa pose aux gluaux, le Moulédous avait été assailli, mais comme il se trouvait d'aussi bonne force que Colombet il avait résisté. Ça ne signifiait pas que la maladie perdait sa violence ; à preuve, le Toine Marsoulas.

Depuis toujours, les Marsoulas habitaient Verdagne, la troisième ferme en partant du col. Peu riches en bois, ils gagnaient leur pain en élevant des moutons.

Pénétrant dans l'étable, Toine s'aperçut que Florimond, le bélier, avait disparu. L'homme était violent. Il s'en prit à Dieu, à ses saints et jusqu'à la Vierge, à croire que, si le Père Éternel est rancunier, le Toine s'est préparé une jolie réception pour le jour de son arrivée dans le pays où nous irons tous ! Mais un bélier, c'est un bélier et malgré la sibère qui vous glaçait jusqu'à la moelle, ce gueulard de Marsoulas partit à la recherche de sa bête. Tout le matin, il battit les champs et les clairières autour de Verdagne. Il poussa jusqu'à Beauzères où personne ne put le renseigner. Aussi l'humeur du Toine, en rentrant chez lui, était telle qu'il valait mieux ne rien lui demander.

On était en train de manger les pommes de terre au lard quand Marsoulas poussa un cri. Apeurée, la Madeleine, sa femme, se souleva à demi, mais déjà Toine filait.

Il dévalait la route d'en bas en grandes enjambées, se rappelant que Roquefeuille lui avait emprunté Florimond au début de l'été, lorsqu'il se refaisait un troupeau. Sans aucun doute la bête, profitant de sa liberté, était retournée vers l'étable de ses amours.

Le Toine fut empoigné juste au milieu de Lavillerie. Il n'y prit point garde, tout chaud de sa course. Près de la fontaine, la maladie s'abattit sur lui à la façon d'un manteau. D'abord, une gêne qu'il ne sut à quoi attribuer et qui lui fit baisser la voix, puis une sensation confuse de présences hostiles. Pourtant, Marsoulas n'était pas un peureux, mais ces fermes désertes le mettaient mal à l'aise. Au fond de l'étable du Marius, les yeux d'or de Florimond brillaient. Le gars avait apporté une bonne trique pour ôter au bélier le goût des aventures. Et puis, soudain, il n'eut plus envie de s'en servir. Appelant la bête qui s'approcha tout de suite, il la flatta en lui passant la main autour de l'attache des cornes et l'emmena, sur ses talons, comme un chien.

Marsoulas se hâtait de fuir. Le hameau disparu dans les sapins, il poussa un gros soupir et s'obligea à un détour par les bois, pour éviter la cabane du Moulédous. Seulement, les mauvaises idées rôdant dans Lavillerie, le Toine s'en était imprégné sans le savoir. Un peu avant Verdagne, il s'arrêta pour laisser souffler le bélier. C'est à ce moment-là qu'elles l'attaquèrent. Le Toine n'avait pas le fond solide du Julien Moulédous, elles eurent vite achevé de l'envahir.

Fallait vraiment être bête pour se crever de fatigue et perdre une journée à courir après un mouton, alors que des plus malins que vous gagnent des tas d'argent en travaillant la moitié moins. Quels plaisirs prenait-on dans ces montagnes ? Même le dimanche, quand ceux d'en bas vont jouer aux cartes, ici, il faut s'occuper des bêtes qui mangent ce jour-là comme les autres jours ! Des maisons où il n'y a point de joie, jamais de fêtes. Lorsqu'on ne travaille pas, on est trop fatigué pour s'amuser ! Abandonnés du ciel, oui, voilà ce qu'on était dans ces régions où, de la naissance à la mort, on devait sans cesse se tuer à la tâche avec, pour seul réconfort, la vue des arbres et pour unique plaisir, une pitance que les hommes de la vallée dédaigneraient.

Le commencement de la maladie. La première attaque des mauvaises idées qui secoue tout l'intérieur pour voir ce qui résistera le mieux. Après, c'est le travail en sourdine, le labeur de taupe qui vous vide un homme en rien de temps.

Jamais le Toine n'avait pensé les choses qui lui dansaient, en ce moment, dans la cervelle. Il en ressentait de la honte. En montant, il jetait des coups d'œil, de bons coups d'œil amicaux aux arbres, pour s'excuser de songer de si vilaine façon. L'air des hauteurs, qu'il respirait maintenant, le débarbouillait et quand il vit sa Madeleine, il l'embrassa sur les deux joues, sachant qu'auprès d'elle les saloperies d'en bas ne viendraient pas le relancer.

Dans l'écurie, Toine attacha soigneusement Florimond. Tout venait de cette maudite bête. Il en était pourtant fier, Marsoulas, de son bélier ! Malgré cela, quand il eut placé la provende dans sa mangeoire, il lui déclara :

— Florimond... si tu fous le camp encore une fois, par ces côtés... tu y crèveras si tu veux, mais j'iraï plus te chercher !

Le Toine croyait s'être débarrassé de la maladie, alors qu'elle se fortifiait, bien installée en lui, et qu'elle lui mangeait ce qui constitue le dur des hommes de la montagne.

Le lendemain du jour où il avait ramené le bélier, Marsoulas dut aller chercher un traîneau à Beauzères. Pendant la nuit, la neige était tombée dru. On aurait dit que la forêt pouvait à peine respirer sous le manteau blanc qui l'écrasait. Le Toine but une goutte de marc afin de se réchauffer l'intérieur. Ayant mis de grosses moufles, il s'engagea sur les sentiers.

A mesure que l'homme gagnait vers le cœur de la forêt, sa marche devenait plus pénible. La neige, mal tassée par le vent, cédait sous son poids. Il s'épuisait, parfois, en de rudes efforts pour tirer sa jambe du trou où elle s'enfonçait et, là-dessus, un silence épais où ne passait pas un bruit d'ailes, par un grignotement d'écureuil, par un cri d'oiseau. Rien pour vous aider à oublier un peu la fatigue du chemin. Rien qui tienne compagnie, mais seulement cette grande sensation qu'on est terriblement seul et qu'on pourrait mourir sans que personne vienne à votre secours, le sentiment qu'on se trouve au bout du monde, quoi ! C'est dur et plus encore pour un homme que la maladie travaille en dessous.

Au bout d'une heure, le Toine s'assit sur un tas de fagots pour reprendre des forces. En vérité, il n'en pouvait plus. Sans doute sa course de la veille l'avait-elle éreinté ? Les mauvaises pensées profitèrent de son état de fatigue pour le réempoigner, et ce coup-là, elles ne le lâchèrent plus.

Pendant quelques jours, Marsoulas lutta pour ne pas laisser voir son mal aux autres, puis il céda et la maladie lui marqua la figure, ainsi qu'elle avait marqué les visages de ceux de Lavillerie. Ses yeux se cernèrent. Son regard perdit cette limpidité que donne le vent des hauteurs. Ses nuits étaient agitées. Il ne dormait presque pas, ne goûtant plus le repos épais des gens qui travaillent puissamment, car il fuyait le travail, n'ayant plus l'esprit assez libre pour tenter autre chose que remâcher son ennui.

Sa femme s'efforça bien de le guérir, mais elle ne savait pas ce dont il souffrait. D'ailleurs, il était déjà trop tard. A Verdagne, on ne comprenait pas. On regarda avec étonnement la porte de l'étable du Marsoulas s'abîmer sans que le propriétaire, autrefois si vaillant, s'occupât de la remettre en état. Quand on l'interrogeait sur ce qu'il avait, le Toine ne répondait pas. Il en arrivait à rester enfermé chez lui pour éviter les questions et la Madeleine s'épuisa à essayer de tout faire marcher quand même.

***

Lorsque quelque chose n'allait pas dans un troupeau de moutons ou de chèvres, la coutume était de demander conseil au Toine Marsoulas. Colombet descendit aux Barrières pour une chevrette du dernier printemps qui manquait de force dans les pattes de derrière. Un lointain cousinage l'unissait à Madeleine. Il appréciait assez sa robuste raison pour aimer causer avec elle. Justement, assise sur le pas de sa porte, elle ravaudait.

— Ça va comme tu veux, Madeleine ?

— C'est rare que ça aille comme on voudrait...

L'Hippolyte la regarda et s'aperçut qu'elle n'avait pas la bonne figure qu'elle montrait d'habitude.

— Ton homme, il est là ?

— Il est toujours là...

Le vieux ne pouvait pas comprendre, la nouvelle n'étant point encore parvenue à Beauzères, mais son instinct devinait le malheur dans cette maison. Par acquit de conscience, il demanda :

— T'as pas des ennuis, rapport au Toine ?

Elle n'éleva pas le ton.

— Entre toujours, tu verras bien...

La cuisine était vide. Colombet frappa sur la table avec son bâton. D'en haut, on cria :

— Qui c'est ?

— C'est moi, Toine !

— Qui, toi ?

— Colombet !

— Qu'est-ce que tu veux ?

— Descends ! je t'expliquerai...

La voix se fit violente :

— J'ai dit : qu'est-ce que tu veux ?
— C'est pour les chèvres
— J' m'en fous des chèvres !
L'Hippolyte grogna : ah ?... et il resta un moment sans parler. Ça avait l'air d'être grave. Un homme qui, toute sa vie, a aimé les chèvres et les moutons et qui, subitement, ne veut plus en entendre parler, c'est sûrement grave. Il fit un effort.
— Toine ! c'est pas vrai, tu...
— Je te répète que je me fous des moutons, des chèvres et de toi par-dessus le marché !
Du coup, la colère tordit le vieux.
— Marsoulas, t'es qu'un idiot et un gros malappris !
Il y eut un grand bruit au-dessus, une dégringolade dans l'escalier et le Toine, en manches de chemise, vint se planter devant Colombet :
— Qu'est-ce que tu viens m'emmerder avec tes bêtes ? Est-ce que tu crois que toute ma vie, je vas m'occuper de ces sales animaux et des arbres et de l'herbe ? Est-ce que j'ai pas le droit d'avoir du bon temps comme les autres, moi ? Dis ? J'ai pas le droit ?
La colère d'Hippolyte tomba, tant l'autre l'apitoyait.
— Qu'est-ce qui t'empêche ?
— Des pareils à toi, qui croient que parce que nos pères se sont tués sur cette chienne de terre, il faut qu'on y crève à notre tour !
Le vieux recula. La vérité lui apparaissait dans sa nudité. Pourquoi n'y avait-il pas songé plus tôt ? Ces yeux, cette lèvre tremblante et cette griffe de la paupière, c'était la figure de Roquefeuille, celle de Biganon, du Lapouyat et

de tous les autres ! Misère ! Ça les prenait eux aussi ! Il supplia :

— Tu peux pas faire ça, Toine, tu peux pas faire ça !

— Et comment que je le ferais, si seulement on me foutait la paix !

Le Colombet regarda longuement Marsoulas puis, haussant les épaules, il dit seulement :

— Pauvre...

Alors qu'il passait sans un mot devant Madeleine, celle-ci l'arrêta :

— Tu l'as vu ?

— Oui...

— Alors ?

— Il est foutu...

***

Comme points de repère dans leur vie, les anciens se rappelaient plus facilement les malheurs que les joies. En remontant chez lui, l'Hippolyte essayait de se souvenir. Avait-il déjà eu aussi mal ? Une brûlure qui lui tenait tout le corps, l'empêchant de respirer.

Sa femme, la Mélie, était morte sans qu'il ait pleuré plus que de raison. La perte de ses fils, tués quelque part dans la guerre, l'avait profondément meurtri, mais pour se consoler de ces misères, il lui restait la montagne. La mort du César lui avait fait plus de peine que celle des siens, car la montagne s'en trouvait atteinte et c'était elle, la montagne, qui, maintenant, mourait de cette maladie grignotant les hameaux, l'un après l'autre.

***

Le mal du Toine prenait une telle force qu'il ne se contenta bientôt plus de la seule carcasse du Marsoulas. La première atteinte, comme de juste, fut Madeleine. Elle lutta, la pauvre, autant qu'elle le put, mais allez donc résister à un homme qui, à longueur de journées, vous montre la laideur et l'ennui de la tâche quotidienne ? A son tour, la femme se sentit prise de dégoût. S'étant toujours et plus complètement donnée à cette vie de labeur, elle rattrapa vite son mari sur le chemin de la maladie. A peine eut-elle cessé de combattre qu'elle devint plus malheureuse que lui.

La maison infectée ressembla à un abcès dans Verdagne. Il ne fallut pas plus de huit jours pour que le village fût complètement gangrené. La vie se ralentit peu à peu, les hommes répugnèrent à un travail qu'ils acceptaient autrefois volontiers. Parce qu'ils bavardaient, sans cesse, entre eux, le mal s'étendit bientôt sur tout le pays. Moins d'un mois après la descente de Roquefeuille, Verdagne ne tenait presque plus à la montagne.

Sur ces entrefaites, il arriva qu'une vieille — une Thiézac — mourut à Verdagne. Elle était liée de parenté avec tout le monde. Pour accompagner la morte, ils descendirent de Beauzères et d'Espalenc. Ce jour-là, Toine atteignit au plus fort de sa maladie. Quand on eut déposé la vieille dans la fosse et que son plus proche parent fut reparti vers Rustande, accompagner le curé et son clergeon, on s'assembla, selon la coutume, avant de rentrer chacun chez soi. Le Toine refusa d'aller boire. On se moqua de lui et sa colère, qui ne demandait qu'à éclater, leur sauta au visage. D'abord, on commença par rire : la fureur du Marsoulas les amusait et puis les mots, que l'autre lançait à pleine gueule, commencèrent à vous entrer dans la chair. On se tut, gêné, et le Toine en profita pour vider son trop-plein de rancœur.

— Vous vous trouvez heureux, dites ? Et celle qu'on vient de mettre dans son trou, qu'est-ce qu'elle a eu comme plaisir ? Travailler d'un bout de l'année à l'autre, d'un bout de la vie à l'autre et comme récompense ? ce trou !

Colombet n'étant pas venu, personne ne pouvait lui répondre.

— Pas plus que des moutons, alors ! Tu te rappelles, toi, ce que t'as fait l'an passé ? et toi ? et toi ? Non, vous vous rappelez rien parce qu'il y a rien à se rappeler ! Du travail et toujours du travail !

On se regarda. Un qui venait de se blesser avec la hache, cria :

— Il a raison !

Brinquetaille s'enquit :

— Qu'est-ce que tu veux faire, donc ?

On entendit la réponse du Toine jusqu'au fond du hameau.

— Foutre le camp ! foutre le camp pendant qu'il est encore temps, pendant qu'elle nous a pas sucés jusqu'aux os, cette garce de montagne !

Machuret remarqua :

— On peut pas quitter son pays.

— Et quand tu crèveras, tu le quitteras pas ton pays ? En bas, le boulot fini, ils se paient du bon temps... Voilà la vérité ! Le travail, j'y ai jamais rechigné après, ceux qui me connaissent peuvent le dire, mais je veux mon plaisir, à la fin !

Le soleil commençait à baisser quand Machuret et Brinquetaille arrivèrent à la croisée des sentiers. Marsoulas et ses discours les avaient mis en retard. Brinquetaille devait filer vers Espalenc et Machuret allait, par les bois, gagner Beauzères. Ils se serrèrent la main, mais sans la franchise des autres jours.

— En somme, conclut Machuret, on trouverait pas des raisons pour décider que le Toine est dans son tort...

— Ça serait bien plus facile, répliqua Brinquetaille, de montrer qu'il voit juste !

Ce fut de cette façon que la maladie se glissa dans les hameaux du sommet : Beauzères et Espalenc.

9

Il y a des jours où tout va mal. On se dispute dans les ménages, on se querelle entre amis et les bêtes font preuve d'une hargne qui n'est pas dans leurs habitudes. A Rustande, on dit que c'est la faute du vent du midi qui épaissit le sang et détraque les nerfs.

A l'usine, ça ne marchait pas mieux qu'au village. Une série de petits incidents — dont chacun en soi n'était pas grave — exaspérait le personnel depuis le matin. Une histoire plus sérieuse acheva de faire perdre leur sang-froid à quelques-uns. Admonesté par le directeur, Neuvier — le contremaître — se précipita dans le secteur responsable de la panne où Luigi Morello, natif de Chieri, se battait avec les disjoncteurs. Il n'arrivait pas à trouver où avait eu lieu la rupture privant d'électricité des clients qui téléphonaient à la direction. Neuvier regarda un moment le Piémontais se débattre parmi ses manettes et remarqua à haute voix :

— Tu m'as tout l'air de t'y prendre comme un manche !

Hors de lui, Morello répliqua :

— Prenez donc ma place !

— C'est pas à moi de prendre ta place, sacré bon à rien !

— Bon à rien ?

— Parfaitement ! t'occupes un poste pour lequel t'es pas qualifié !

— Que vous dites !

— Que je dis ! D'ailleurs, ça m'étonne pas, vous autres, les Piémontais, sortis de vos guitares et du lit de vos femmes, on se demande à quoi vous êtes bons !

— A ça !

D'un maître coup de poing, Luigi avait envoyé son antagoniste au sol. Des Italiens se précipitèrent sur leur compatriote pour le calmer. Neuvier se releva lentement, épongea son nez qui saignait et déclara au Piémontais :

— Je crois que tu vas pouvoir retourner dans ton pays, fumier !

A la sortie de midi, M. Ponchot fit appeler Morello et sans vouloir écouter ses explications, l'avertit qu'il ne faisait plus partie du personnel et qu'il pouvait, dès maintenant — son compte étant réglé —, porter ailleurs son humeur batailleuse. De plus, on lui signifia qu'il avait deux jours pleins pour quitter le pays, sinon les gendarmes le raccompagneraient à la frontière.

Fut-ce vraiment la faute du vent du midi ou le nombre de chopines bues chez Rochejean ? Toujours est-il que le renvoi de Luigi, d'incident, allait se transformer en drame. Neuvier eut le tort, au café, de se vanter « d'avoir eu la peau » de Morello. Deux des compatriotes de ce dernier qui étaient présents lui affirmèrent, avec force injures entremêlées d'invocations à la Madone et aux saints, qu'il était un parfait salaud. Le contremaître le prit de haut :

— Vous autres, si demain, avant de vous remettre au

boulot, vous m'avez pas fait des excuses, vous irez rejoindre votre copain et on sera débarrassés.

Les Piémontais avaient regagné leurs cabanes, pleins de rage, puis ils s'étaient rendus chez Morello où, finalement, on s'était tous réunis. On but pas mal, on parla beaucoup, on se répandit en imprécations et le lendemain, pas un Italien ne se présenta à l'usine, ce qui mit M. Ponchot dans une belle colère. Vers dix heures, on lui fit savoir qu'une délégation des ouvriers étrangers — conduite par Gianfranco Belloni — demandait à lui parler. Le directeur les reçut et, tout de suite, se mit à crier :

— Voulez-vous m'expliquer ce que sont ces manières ? Où avez-vous vu qu'on se conduise de cette façon ? Pourquoi êtes-vous là au lieu de travailler ?

Belloni, un homme paisible et grave, qui atteignait la cinquantaine, répondit :

— C'est à cause dé Morello.

— Nous n'avons plus rien à voir avec cet individu !

— Son renvoi, il a été injouste.

— Tiens donc ? Vous trouvez que frapper un contremaître ne mérite pas le renvoi ?

— Morello, il avait été insoulté.

— Et alors ?

— Nous voulons qué notre camarade, il révienne.

— Eh bien ! maintenant que je sais ce que vous voulez, je vais vous dire ce que moi, je veux : à deux heures, aujourd'hui, tous ceux qui ne reprendront pas le travail seront renvoyés. Je vous rappelle que vos maisons sont propriété de l'usine qui ne les loue qu'à ceux qui travaillent pour elle. A bon entendeur, salut !

*
* *

Gianfranco Belloni était un vieux garçon, gagné depuis sa douzième année aux idées socialistes. Venu à Rustande parce que la police de son pays lui rendait l'existence impossible, il partageait sa maisonnette avec un Turinois de trente ans qui avait perdu sa jeune femme emportée par la grippe espagnole. Un garçon sombre, taciturne, qui se saoulait tous les samedis soirs. Son seul plaisir. Il s'appelait Marcello Imperio.

Gianfranco n'avait pas plus admis l'attitude de M. Ponchot qu'il n'avait compris celle de ses compatriotes. Il ne pouvait supporter l'injustice, tous ses malheurs étaient venus de là. Il discourut à perdre haleine devant son copain turinois, mais ce dernier, détaché des contingences et seulement occupé de ses souvenirs, ne constituait pas un bon auditoire. Alors, Belloni s'en fut chercher ailleurs des oreilles plus attentives. Au petit matin, une fermière de Rustande se leva pour voir ce qu'il se passait à l'étable d'où montait un vacarme inhabituel. Quand elle eut rassuré les bêtes, sans doute effrayées par le passage, dans le voisinage immédiat, d'un blaireau ou d'une belette, elle vit, par la fenêtre de sa chambre, qu'il y avait encore de la lumière chez les Italiens. Elle se recoucha en maugréant :

— Ça dort donc jamais, cette engeance !...

*
* *

Le lendemain, dans la matinée, Ludovico Negroni répondit : « Va te faire foutre ! » au contremaître qui —

esclave des consignes reçues — lui adressait une remarque anodine.

— Bon... eh bien ! je vais en parler à M. Ponchot.

Ludovico ricana :

— Ça m'étonnerait !

Avant que Neuvier ait pu esquisser le moindre geste de défense, ils l'empoignaient à plusieurs et l'entraînaient dans le grand atelier où les Piémontais, au complet, écoutaient Belloni leur prêcher la révolution de sa voix tranquille, tandis que les plus excités fermaient les portes. Seul, Ambrosio Saltti — un père de six enfants — n'était pas d'accord ; il le dit au vieux meneur :

— Ma qué ! perché questa rivoluzione ?

— Per la dignità dell'uomo ! la nostra !

— Stiamo vinti anticipatamente !

— Che importanza ! Prima la dignità, Ambrosio ! la dignità !

M. Ponchot, quand il décrocha son téléphone, était loin de s'attendre à ce qu'on allait lui apprendre.

— Allô ?

— Ici, c'est Neuvier, Monsieur le Directeur.

— Oui, et alors ?

— Les Piémontais se sont enfermés dans le 5 et ils m'ont pris comme otage.

— N.. de D... ! de N.. de D... !

— Le chef, c'est Belloni.

— Passez-le-moi !

Gianfranco vint en ligne.

— Si, Signor Direttore ?

— Belloni, je vous donne cinq minutes pour regagner vos postes et relâcher Neuvier.

— È impossibile !

— Pourquoi ?

— Per la dignità, Signor Direttore.

— Qu'est-ce que vous me chantez là ?

— Nous voulons Morello il révienne !

— Pas question !

— Allora, tanto peggio !

— Belloni, écoutez-moi... Vous êtes un homme raisonnable ! vous devez comprendre...

— Merda !

M. Ponchot mit un certain temps à récupérer, puis il appela la préfecture. Les ouvriers furent mis en congé pour l'après-midi et dans Rustande commença à régner une atmosphère lourde. Au quartier italien, les femmes, en ne voyant pas revenir leurs maris, leurs pères, leurs frères, s'inquiétèrent, s'interrogèrent les unes les autres avec de grands appels et des cris perçants.

A deux heures, un grondement de moteurs emplit la vallée. Les gendarmes et la troupe arrivaient. Ils étaient suivis de gros camions. Pendant que l'infanterie encerclait l'usine, les gendarmes prévenaient les familles piémontaises qu'elles devaient boucler leurs malles et faire leurs paquets en vitesse. Ce fut un beau concert de cris, de plaintes, de prières, de supplications et les gendarmes durent prêter la main pour emballer les pauvres objets et transporter les meubles tandis que les mères et les sœurs aînées couraient après les bambini galopant à travers la cohue hurlante. A cinq heures, le capitaine de gendarmerie vint annoncer au préfet que l'opération était terminée. On lui donna l'ordre d'aller ranger les camions sous les fenêtres de l'atelier 5.

Les gens de Rustande avaient assisté sans un mot au déménagement des familles italiennes. Ils les plaignaient, mais ne pouvaient approuver le comportement de leurs hommes. Et puis cette sourde hostilité à l'égard des étrangers, dont ils ne s'étaient jamais départis...

Le bruit des camions attira les prisonniers volontaires de l'atelier 5, aux fenêtres. D'abord l'étonnement, puis l'un reconnut son épouse, l'autre s'entendit appeler par sa femme. Alors, ils se regardèrent, ne comprenant pas. Bientôt, la voix de M. Ponchot, par l'intermédiaire d'un haut-parleur, les éclaira sur leur situation :

— Écoutez-moi ! Vous avez voulu suivre les directives de Belloni et refusé d'entendre les conseils de sagesse. Vous récoltez ce que vous avez semé. Par décision préfectorale, vous êtes tous renvoyés et vos permis de séjour sont annulés. Vos familles vont être dirigées sur Aurillac où vous les rejoindrez si vous vous conduisez en hommes raisonnables. Demain, un train vous ramènera en Italie. Vous avez dix minutes pour évacuer l'atelier. J'ajoute que, si le moindre mal est infligé à M. Neuvier, vous tous le paierez fort cher !

Un long silence suivit l'écho du dernier mot prononcé et Morello demanda :

— Che fare ?

Belloni se redressa.

— Resistere per l'avvenire del socialismo !

Staltti haussa les épaules.

— Coglione...

Les Piémontais assistèrent au départ des camions emmenant leurs familles, avant d'ouvrir la porte de l'atelier 5 et de se rendre aux autorités. Le soir, il n'y avait plus un Italien à Rustande.

***

Au lendemain de ces graves événements, M. Ponchot appela Roquefeuille dans son bureau. Le Marius se demandait ce qu'on lui voulait. Il ne se sentait pas à son aise sur les parquets cirés.

— Je n'ai pas à vous rappeler, mon ami, les tristes événements qui viennent de se dérouler. — Le directeur soupira, avec tant de conviction qu'on eût pu le croire sincère. — Ah ! les hommes ne réfléchissent pas avant d'agir ! Enfin, ces individus sont partis, bon débarras ! Seulement, je dois les remplacer. Il y a une cinquantaine de places à prendre... Il faut que, d'ici huit jours, elles soient occupées. J'aimerais mieux que nous restions entre nous, enfin je veux dire entre gens du pays, vous comprenez ? Je serais navré d'être obligé d'utiliser des Arabes. C'est pourtant ce que la Compagnie me propose. Surtout que je suis persuadé qu'on les trouverait facilement dans la montagne, ces cinquante ouvriers, hein ?

— Ça se pourrait...

M. le Directeur était d'excellente humeur.

— Mais, naturellement, que ça se peut ! Allons, vous n'avez pas des camarades qui souhaiteraient changer leur sacrée vie de bûcheron contre une existence bien réglée ?

De plus, et vous pouvez le leur annoncer de ma part, nous leur offrons les maisons laissées libres par le départ des Piémontais ! Avouez que c'est intéressant ? Notez bien que si je voulais, ils seraient plus de mille, de toutes races, à venir demain, à ma porte, solliciter de l'embauche, mais je suis un sentimental et j'estime que, lorsqu'on est né dans le même pays, sur le même terroir, on doit tendre la main aux moins fortunés et à quelque échelon de la hiérarchie sociale que l'on se trouve...

M. Ponchot, très satisfait de son petit discours, alluma un cigare avant d'enchaîner :

— Roquefeuille, vous êtes un de ceux qu'on écoute le plus volontiers et je vous en félicite. De plus, je sais qu'en dépit de votre départ de Lavillerie, à la suite de cette vilaine histoire sur laquelle il n'est pas besoin de revenir, vous avez gardé votre crédit auprès des entêtés qui se cramponnent encore à la montagne. Alors, voilà ce que je vous propose : prenez un jour de congé ou deux et grimpez là-haut. Tâchez de les décider. Si vous réussissez à les convaincre, vous leur aurez rendu un fier service et à l'usine aussi, qui ne l'oubliera pas, soyez-en persuadé. D'accord ?

Marius hésitait. Était-ce une bonne chose d'inviter ceux d'en haut à vivre dans la vallée ? Roquefeuille n'ignorait pas — bien qu'ils n'en parlassent jamais entre eux — ces regrets qui serraient le cœur de plus d'un par les beaux soirs ou simplement quand les matins étaient clairs. M. Ponchot devina l'hésitation de l'ouvrier :

— Quelque chose qui ne va pas ?

— C'est-à-dire que je sais pas trop si... si j'ai le droit.

— Le droit ? Je ne comprends pas... le droit de quoi faire ?

— Les persuader de descendre... de quitter là où ils sont habitués depuis toujours.

Un moment, le directeur parut désorienté. Il ne saisissait pas, puis il se rappela et ébaucha un sourire de commisération.

— Oui, oui, ça y est ! Je crois que je devine... Vous en revenez à ces vieilles histoires d'autrefois... la montagne... la forêt... les ancêtres... ne pas déserter... C'est très joli, seulement mon ami, nous ne sommes plus au temps des contes de fées... La dure épreuve par laquelle le pays a passé et qui a duré quatre ans nous a appris que nous avions changé de civilisation ... On ne peut pas aborder demain avec les habitudes d'hier ! Je me souviens... c'est ce dont je discutais avec votre pauvre camarade... ce grand costaud... Comment l'appeliez-vous, déjà ?

Le Marius, les yeux embués de larmes, répondit :

— On lui disait César...

— C'est cela ! César ! Quand il vous a emmenés, au printemps dernier, je l'ai averti : mon ami, l'ai-je averti, ce n'est plus possible une existence comme celle que vous voudriez qu'ils mènent, ils reviendront... Je le vois encore... Il riait de ce que je lui prédisais... Il était si sûr de lui !

La voix de M. Ponchot se faisait prophétique.

— Est-ce qu'on peut s'opposer à la marche du progrès ? Allons donc, folie ! Et la preuve, c'est que vous êtes tous revenus...

— César, lui, n'est pas revenu ! lança Roquefeuille,

surpris du ton de colère qu'il mettait involontairement dans sa voix.

— Il n'est pas revenu, j'en conviens, concéda le Directeur, mais ce n'est pas ce qu'il a fait de mieux, hein ? Bref, je vous ai appelé parce que je sais que c'est vous qui avez ramené ceux de Verdagne. Alors, voyez ?... Tenez, demain, si vous alliez un peu vous promener là-haut ? Vous les décideriez peut-être...

M. Ponchot raccompagnait Roquefeuille en lui tapant sur l'épaule.

— C'est pour leur bien, hein... Vous, nom d'un chien, vous ne regrettez pas votre ancien métier ? La terre, évidemment, mais c'est de la poésie, tout ça... Et la poésie, nous n'avons plus le temps de nous en occuper... Il faut être de son siècle... Revenez me voir après-demain... vous m'apprendrez le résultat de votre démarche. Au revoir, et bonne chance !

***

La Marie avait eu un congé et elle était venue vivre quelques jours auprès des siens. La ville ne l'avait pas changée. Toujours aussi placide, incapable de rire et de s'amuser. Peu encline aux confidences, elle n'en sollicitait pas. Elle ne s'était point trouvé d'amies. Ses patrons vantaient son application et son sérieux. Ils ignoraient qu'elle ne commençait vraiment à vivre que le soir, la porte de sa chambre refermée. Alors, elle entrait dans un monde connu d'elle seule, un monde qui représentait une Italie imaginaire, celle où le mort qu'elle aimait devait l'emmener. Elle collectionnait toutes les images ayant trait à la Péninsule, achetait les chansons de là-bas avec leur texte original qu'elle s'appliquait à traduire avec un petit dictionnaire de poche. Elle lisait les recettes italiennes découvertes dans les magazines que Madame abandonnait et dégustait, par la pensée, des plats inconnus mais dont elle se persuadait que la saveur lui plairait. Quand elle était couchée, la lumière éteinte, Marie fermait les yeux et voyait son Piémontais que César avait tué. Elle détaillait chacun de ses traits et s'endormait sur les lèvres de son amoureux.

Antoinette, du coin de l'œil, observait sa fille en train de mettre le couvert. Marie l'intimidait. Entre ces deux femmes, il n'y avait pas d'intimité. La mère ne savait que dire à son enfant et Marie — qui ne venait à Rustande que par devoir — comptait les jours qui la séparaient de son retour dans son petit univers clos.

Marius n'était pas heureux non plus. Depuis qu'il avait perdu César, sa vie n'avait plus de sens. Un homme qui ne pouvait se passer de l'amitié. Son épouse lui était de plus en plus indifférente au fur et à mesure que le temps coulait. Il ne lui reprochait rien sinon de ne pas marcher au même pas que lui et, sans doute, sur un autre chemin. Pas plus intelligente qu'une vache, l'Antoinette. Jadis, quand elle était jolie, ça n'avait pas tellement d'importance, mais à présent... Marie et son père se parlaient peu, juste le strict nécessaire pour être poli. Il ne lui pardonnait pas la mort de César. Elle ne lui pardonnait pas l'assassinat de son bel amoureux à l'accent chantant, dont elle le rendait responsable par suite de son affection pour le meurtrier.

Roquefeuille entra.

— La soupe est prête ?

— Tout de suite, tu peux t'asseoir.

Il prit place sur le banc et poussa son chapeau sur la nuque. Marie s'assit en face de lui. Comme Antoinette plongeait la louche dans la soupière, il annonça :

— Demain, j'irai pas à l'usine.

— Pourquoi ? T'es malade ?

Il haussa les épaules.

— M. Ponchot m'a demandé de grimper là-haut.

— Où ça, là-haut ?

— A Beauzères et à Espalenc.

— Qu'est-ce que tu vas faire chez ces sauvages ?

Marius regarda sa femme.

— Tu devrais prêter attention à tes paroles, Antoinette ! Je suis déjà pas tellement de bonne humeur.

Il expliqua ce dont le directeur l'avait chargé et conclut qu'il ne savait pas trop quoi décider.

— D'un côté, je peux pas me permettre de refuser un service à M. Ponchot au moment où il me donne une grande marque de confiance et d'un autre côté...

Il se tut. Antoinette le pressa.

— D'un autre côté, t'as dit ?

— Rien.

Comment aurait-il pu leur expliquer que remonter dans la forêt, ce serait ressentir plus vivement l'absence de César et raviver une plaie qui ne se fermerait jamais. L'Antoinette, que ce mutisme soudain énervait, s'emporta :

— T'as pas besoin d'aller là-haut ! A chaque fois, c'est

des histoires ! Si M. Ponchot veut les hommes de la montagne, il a qu'à monter les chercher !

Son mari ne répondant pas, elle s'adressa à sa fille.

— Qu'est-ce que t'en penses, toi, Marie ?

De sa voix calme, sans grandes inflexions, l'amoureuse inconsolable donna son opinion :

— Je suis d'avis que le père doit grimper à Beauzères, et à Espalenc. Il peut plus refuser, maintenant. Le directeur lui en voudrait. Et puis, il faut songer à eux autres dans leurs villages de misère... Je crois qu'ils remercieront le père.

Antoinette voulut protester mais son mari lui coupa la parole.

— J'irai.

Et comme sa femme se récriait, il ajouta :

— J'irai, mais seulement pour faire la commission. Je leur dirai : y a des places à prendre en bas, si vous les voulez, elles sont à vous. Je leur dirai pas plus. Ils feront à leur idée.

Il se leva, annonçant qu'il allait boire un dernier canon chez Rochejean. Antoinette lui recommanda de ne pas s'attarder. En se retournant, Marius surprit l'air de satisfaction de sa fille. Il comprit qu'elle n'avait pas désarmé. Elle ne pardonnait pas à César et, par-delà la mort, elle le combattait encore en poussant à regagner la vallée ceux qu'il avait espéré garder sur les sommets. Une minute, une rage intérieure obscurcit le regard de Marius, mais il se reprit et, pour porter le dernier coup, du seuil, il lança :

— J'irai... Ça me sera une occasion pour réciter un Pater et un Ave sur la tombe de César.

*
* *

L'aube commençait à blanchir le ciel, lorsque Roquefeuille, refermant la porte de sa maison, partit dans Rustande désert et silencieux. Sitôt qu'il se fut écarté des dernières maisons, il respira plus à l'aise. Son pas effaçait les années. Il se retrouvait à quatorze ans lorsque, avec César, ils quittaient Lavillerie discrètement pour visiter les collets posés la veille, au crépuscule. Marius montait allégrement. Il se perdait dans le temps et se figurait que, comme autrefois, il retrouverait des villages vivants et serrerait des mains fraternelles que la résine rendait souvent poisseuses.

C'est en atteignant Lavillerie que l'enchantement se dissipa. Toutes ces maisons mortes, ces portes béant sur le vide, les volets que nul n'accrochait plus, emplissaient Roquefeuille de remords. Cet abandon, ce reniement, ce sacrilège, c'était sa faute. Il avait écouté les femmes au lieu d'écouter César. Il se rendit au cimetière pour demander pardon au grand. Là, il se retrouvait parmi ceux qui n'avaient pas déserté, qui ne déserteraient jamais. C'est devant ceux-là que Marius avait honte. A mi-voix, il s'excusait :

— Moi, j'ai pas compris, les autres non plus... Maintenant c'est trop tard, on n'a plus le courage... Alors, on crèvera en bas, la rage au cœur... Qu'est-ce qu'on peut espérer de plus ?

La tombe de César était parfaitement entretenue. Pourtant, pour autant qu'il se le rappelait, Berthe ne s'était pas montrée à Rustande.

Derrière Roquefeuille, on dit :

— Comme ça, t'es monté ?

Marius se retourna pour voir le Moulédous, avec sa bonne tête de gros, réputé pas malin, qui lui souriait. Flanelle flairait les pieds du visiteur.

— Je suis monté...

Il montra la tombe de César.

— C'est toi ?

— De juste. Qui l'aurait fait ? Ils ne montent plus, les autres.

— Je sais.

Roquefeuille aimait beaucoup Julien. Il ne partageait pas l'avis de ceux qui jugeaient Moulédous un peu simple. Il n'était pas bavard, voilà tout, mais il avait des yeux qui voyaient des choses qu'on croyait cachées au fond de soi.

— Tu vas plus haut ?

— Oui.

Roquefeuille se sentait nu sous le regard du Julien. Il se figurait que le bonhomme lui en voulait, qu'il le tenait pour responsable de la désertion dans la montagne. Sans doute était-ce un peu vrai, mais il aurait voulu lui expliquer et pourtant, il n'en avait pas envie, à cause de cette fatigue qui l'accablait sitôt qu'il pensait à ces histoires.

Moulédous mordillait un brin de folle avoine.

— Où tu vas ?

Marius ne tenait pas à exposer le but de son excursion. Il redoutait la réaction de Julien.

— Par là...

— Pourquoi ?

— Comme ça... pour retrouver quelque chose du bon temps d'avant.

Moulédous secoua la tête.

— Tu sais bien que ça, c'est pas possible.

— Faut toujours croire. Allez, à te voir !

— A te voir...

Roquefeuille s'éloigna lentement. Ça ne lui disait plus du tout d'aller porter la mauvaise parole là-haut.

— Oh ! Marius !

Il pivota sur lui-même.

— Qu'est-ce que tu veux ?

— Tu devrais te presser.

— Parce que ?

— Parce qu'ils t'espèrent à Beauzères.

Marius ne comprenant pas, répéta :

— A Beauzères ?

— Oui... et à Espalenc aussi... Tu le savais pas ?

— Non !

— Tu le savais pas et t'es quand même monté ?

— Je savais pas, parole !

— Tu sais, maintenant.

Les deux hommes, à quelques mètres l'un de l'autre, s'observaient. Roquefeuille hésitait. Il se décida au moment où Moulédous s'apprêtait à lui tourner le dos pour reprendre son chemin.

— A ton avis, Julien, pourquoi qu'ils m'espèrent là-haut ?

Moulédous cracha par terre, changea sa chique de place et se rapprocha de Roquefeuille.

— Parce qu'ils souhaitent que tu viennes leur dire de

faire ce qu'ils ont envie de faire, mais qu'ils osent pas faire.

Marius s'enquit à mi-voix, comme s'il craignait d'être entendu des morts proches du cimetière :

— Descendre dans la vallée ?

— Ouais... Il y a longtemps que la maladie les travaille... Depuis que ceux de Verdagne sont partis.

— Et Hippolyte ?

— On le voit quasiment plus, même que des fois j'ai peur qu'il se soit laissé mourir. Alors, je monte et je le trouve avec ses chèvres. Il cause plus à personne. C'est la Madeleine au Marsoulas qui lui fait les commissions, des fois aussi Brinquetaille. Il est brave celui-là. Toutes les semaines, Morvache vient passer la soirée avec l'Hippolyte. Ils se saoulent et, s'il est trop plein, Morvache, il couche avec les chèvres.

— Bon, merci pour les renseignements. Tu viens avec moi ?

— Non.

— Ah ?

— C'est le jour de mon rendez-vous... Je peux pas le faire attendre.

— Qui ça ?

— César...

— Il est mort !

— Pas pour moi ni pour Colombet... Les autres, ça n'a pas d'importance, ils sont pas des hommes. Sans courage, ils se laissent commander par leurs femmes. Tu es de ceux-là, Roquefeuille ...

Marius aurait voulu protester, se fâcher, lancer des vilains mots au Moulédous. Il n'en avait ni le courage ni le goût, car il n'ignorait pas que Julien avait raison. Il écarta les bras dans un geste d'impuissance.

— On mène pas toujours sa vie comme on voudrait...

— Les hommes, si... A cause qu'on a été amis dans le temps, Marius, je vas te donner un conseil : passe pas trop près de la cabane du Colombet, il est bien capable de te tirer un coup de fusil.

— Hippolyte me tirerait dessus ?

— Sûr et certain.

— Mais, N... de D... ! pourquoi ?

Moulédous tendit son visage à toucher celui de Roquefeuille.

— T'oses demander ? Tes garces de femmes et toi, vous avez tué César et t'oses demander ? Par votre faute, la montagne est en train de crever et t'oses demander ?

Marius, désemparé, balbutia :

— Faut comprendre...

— Y a rien à comprendre sinon qu'on est tous foutus et ça parce que t'avais rien dans le ventre ! Allez... adieu... monte faire ton sale boulot. Seulement, écoute, Roquefeuille, reviens plus par ici... t'as plus le droit et, si je te vois encore venir embêter César, c'est moi qui te le tirerai, le coup de fusil !

***

Marius s'était installé chez le Toine Marsoulas. Ils l'écoutaient avec des figures dures où l'attention creusait des rides profondes. Les femmes se tassaient près de la porte oubliant, pour un instant, l'éternel ravaudage, et les grandes aiguilles mises en croix dans la laine leur piquaient les genoux. En plus du Toine et de tous ceux de Beauzères, il y avait Machuret que plusieurs d'Espalenc avaient suivi. Ce que disait l'envoyé du directeur était si important que le Morvache en oubliait de mâcher sa chique. Un filet de jus noir coulait de sa bouche ouverte, sur sa chemise. Quand ils apprirent que la Compagnie leur offrait des maisons avec des jardins autour, il y eut un grand murmure. Sur un geste du Toine, on se tut pour écouter Roquefeuille qui finissait.

— ... Les maisons que vous prendrez à votre idée, dix francs par journée de travail et les maladies payées lorsque le docteur de l'usine les aura reconnues.

— Comme au régiment, observa quelqu'un.

Un gros rire secoua les hommes. Par complaisance, les femmes sourirent, sans trop comprendre.

— ... M. Ponchot m'a demandé de venir vous expliquer ces choses... C'est fait... Voilà, moi j'ai fini...

Marius se rassit et vida d'un trait le verre de marc que Marsoulas lui tendait. Sa conscience était en paix. Il venait de tenir les promesses faites au directeur et à Antoinette : la commission, pas plus...

Lorsqu'on fut assuré que Roquefeuillle n'avait plus rien à dire, on se concerta. Les épouses abandonnèrent le fond de la pièce pour venir se mêler à la discussion. Toine n'eut pas besoin de s'entendre avec sa femme.

— Moi, cria-t-il, je suis d'avis qu'on descende !

— Et les moutons ? s'inquiéta Morvache.

Brinquetaille proposa, si on le voulait, d'aller traiter avec un boucher en gros de Brazons.

— Et les coupes, demanda Clochepique, on les laisse ?

— Quand les acheteurs arriveront à Rustande, expliqua Machuret, un de chaque village montera avec eux...

On parlementa beaucoup encore. Marsoulas frappa sur la table pour les forcer à se taire.

— On est d'accord ?

— Il y a les vieux, objecta Sarasson, on peut pas les abandonner !

Jean Corcelles — à qui on disait aussi Jean du Fils — répondit tranquillement :

— On les emmènera avec nous. Y a pas de raison.

Une bru, qui devait mal supporter la cohabitation avec ses beaux-parents, grogna :

— Si qu'on est logé à l'étroit, ça sera pas facile...

— Tu te serreras, ma belette, ça te tiendra plus chaud.

On rit et celle qui s'était mêlée à la discussion, confuse, baissa le nez sur ses aiguilles.

Avant de se séparer, ils convinrent que, de chaque hameau, des hommes descendraient le lendemain, pour aller signer chez M. Ponchot et choisir les maisons.

Sans répit, Pierre Tarvon — dit Brinquetaille — cognait à la porte du Colombet. Le départ approchait et depuis plus de huit jours, personne n'avait vu le vieux. Pourtant, la cheminée de sa maison fumait. Le matin où l'on était descendu choisir les maisons, on l'avait appelé, sans résultat. Brinquetaille ne voulait pas que l'Hippolyte soit mis au courant par un autre que lui. Il aimait bien Colombet.

Le silence finit par inquiéter Pierre. Si le vieux était

malade ? Il essaya de voir à travers les carreaux de la fenêtre, ne réussissant qu'à s'accrocher des toiles d'araignées à la barbe. Il frappa aux vitres et cria qu'il allait tout défoncer si on n'ouvrait pas. Au bout d'un moment, il entendit qu'on tirait le verrou et la porte s'entrebâilla pour que Brinquetaille puisse entrer.

L'Hippolyte avait changé de figure. Pierre le reconnut plus à son allure qu'à son visage. Les joues s'étaient creusées, l'œil disparaissait au fond des orbites et les lèvres, sans cesse agitées d'un tremblement convulsif, se mouillaient d'une salive séchant en auréoles blanchâtres.

— T'es pas malade, Colombet ?

— Pourquoi que je serais malade ?

La voix même s'était modifiée. Dure et sèche, elle faisait mal aux oreilles.

A cause du silence...

— Et si j'aime mieux pas parler ?

Brinquetaille céda.

— Chacun à sa volonté, comme de juste...

Il ne sut plus quoi raconter tant il devinait de mauvais vouloir chez le vieux.

— T'es venu me dire quoi ?

Pierre expliqua la visite de Roquefeuille et la décision des hommes de descendre.

— Je suis été à Rustande... Je pense que tu peux encore rendre des petits services pour gagner tes cinq francs par jour ? Tu logeras chez moi, hein ? Alors, voilà, je t'ai inscrit...

— Tu m'as inscrit ?

— Oui, avec tes prénoms et ta date de naissance, en cinquante...

Le Colombet se leva. Brinquetaille le vit aller dans un coin près du vaisselier et y prendre quelque chose qu'il ne reconnut pour un fusil qu'au moment où l'Hippolyte le lui mit sous le nez. L'émotion lui coupa le souffle.

— Colombet...

Le vieux tremblait de colère.

— Et si je te tue, hein ? Tu y descendras dans ta saleté de vallée, hein ? C'est du plomb pour sanglier, il pourra bien faire pour un cochon, dis ? Tu m'as inscrit ? Tu me crois pareil à vous ? Tu me prends pour un lâche, dis ? J'ai pas de femme à qui j'obéis, moi, t'entends ? Je rendrai des petits services ! Et ma sœur Jeanne, ça fera-t-il qu'on n'a pas foutu un mur là où elle dormait, dis ?

Pierre regardait le fusil.

— Écoute seulement, Hippolyte...

— Non ! j'écoute pas ! J'en ai assez ! Tous des salauds, voilà ce que vous êtes ! Qu'ils essaient de descendre et on verra ! J'ai ma réserve de chevrotines, ils arriveront pas tous dans la vallée... Ah !

Brinquetaille avait empoigné le fusil. Le coup partit et la charge se logea dans le mur.

— Colombet, affirma Pierre, Colombet, si t'étais pas si vieux, je te casserais la gueule !

L'Hippolyte, sur sa chaise, haletait. Pierre remplissait ses poches avec les chevrotines trouvées dans le buffet. Quand il eut fini, il plaça le fusil sous son bras et s'approcha du bonhomme.

— Tu veux pas venir ? T'as pas de raison de te mettre

dans des états pareils ! Viens avec nous, on te soignera comme si t'étais le père...

— Salaud !

Brinquetaille secoua la tête.

— A ta fantaisie, si tu veux crever tout seul en malfaisant que t'es ! — Pierre, à son tour, se mettait en colère : T'as pas ton content de tout le mal que t'as fait ? On t'a assez écouté ! Ton temps est fini, tu comprends ?

— Salaud !

— Crache tant que tu voudras, je m'en fous ! Maintenant, t'es plus qu'un vieux loup édenté ! — Brinquetaille tapa sur sa poche pleine de balles : Je t'ai enlevé les crocs !

Une bûche, lancée à toute volée, frôla la tête de Pierre qui ricana :

— Ça te suffit pas d'avoir tué le César ?

Il sortit, mais dehors, il hésita, regrettant ce qu'il venait de dire.

***

Tous les matins, en se levant, on voyait étinceler la gelée blanche sur les prés. Une sorte de politesse de l'hiver pour avertir de son arrivée. Depuis la visite de Roquefeuille, une grande activité avait régné dans les deux derniers villages de la montagne. Après les entrevues avec M. Ponchot, on était descendu choisir parmi les maisons des Piémontais. Des bétaillères avaient embarqué les moutons, les chèvres et les vaches pour les emmener au marché ou aux abattoirs d'Aurillac. Les messieurs des Eaux et Forêts étaient venus prendre des arrangements avec les propriétaires de bois. Il fut décidé qu'on convoquerait ceux-ci lorsqu'on jugerait qu'il y avait des arbres à abattre. La gaieté inhabituelle régnant à Beauzères et à Espalenc eût fait croire à un citadin qu'on s'apprêtait à un départ en vacances.

On évitait de parler du Colombet. Personne ne l'avait revu depuis la visite de Brinquetaille. Cet Hippolyte, il cassait les pieds à tout le monde. Parmi les femmes, il y en avait toujours une pour déclarer : un mauvais comme lui, ça m'étonnerait pas qu'il se périsse rien que pour nous embêter !... On approuvait, parce qu'on croyait le Colombet capable de n'importe quoi.

Un soir que les hommes rassemblés buvaient quelques litres en cognant leurs verres, le Toine Marsoulas dit :

— Y a pas que ce sacré Bon Dieu d'Hippolyte, y a aussi le Moulédous.

Celui-là constituait également un problème. On décida que le Marsoulas irait lui causer et tâcherait de le convaincre de descendre avec les autres. Le Toine promit d'y aller le soir même mais, dans l'après-midi, il rencontra Julien alors qu'il allait se promener une dernière fois dans son bois. Il tâtait un sapin d'une quinzaine d'années lorsque le Moulédous, accompagné de Flanelle, émergea d'un fourré de genêts, de fougères et de genévriers. Il surveilla un instant Marsoulas avant de remarquer :

— Ça fait toujours dédain d'abandonner son bien.

Antoine approuva d'un hochement de tête.

— Pourtant, il faut...

— Rien t'oblige.

— Si... l'âge, les rhumatismes, l'ennui, la femme.

— Je peux pas juger.

— Non, tu peux pas juger... Ma femme et moi, on veut pas crever comme des bêtes à l'écart du monde. Il me semble que je vieillirai plus facilement en bas où il y a des tas de commodités qu'on n'a pas chez nous.

— Ça, c'est vrai.

— Alors, tu comprends, mon Julien, quand tu vois le pour et le contre, les arbres ils comptent plus beaucoup.

— Y a pas que les arbres...

— Et quoi d'autres ?

— Je sais pas trop comment t'expliquer... Le silence... La bonne amitié... La permission d'aller où on veut quand on veut... le vent dans la forêt... et puis les bêtes... tout ce qui a fait ta vie et la mienne jusqu'à présent, Toine.

— Je dis pas, mais... et puis j'ai pas beaucoup de temps. On descend demain. Tous, on voudrait que tu viennes avec nous.

— Non.

— T'as des raisons ?

— Je t'ai déjà dit que je crois que je saurais pas vivre en bas.

***

Le bruit clair des charrettes dont les essieux grinçaient tira Colombet de son sommeil. La fenêtre ouverte, il se pencha vers le hameau. Une rumeur confuse lui arriva. Hippolyte comprit : le départ ! Le dernier soubresaut de la montagne avant son grand silence. Le jour n'était qu'une tache laiteuse au-dessus des bois. Le vieux frissonna longuement, saisi par le froid. Il s'habilla, sa résolution prise. Une fois prêt, il alla chercher dans la soupente le long fouet dont il usait autrefois, du temps où il faisait le roulier pour les marchands de bois d'Auvergne. Bien campé, les jambes légèrement écartées, il essaya s'il se sentait encore capable de manier cette arme. Il crispa sa main sur le manche court. La lanière traînait à terre comme un serpent. Naguère, Colombet n'avait pas son pareil pour enlever de la mèche du fouet, sans meurtrir l'animal, le taon qui piquait un cheval. L'Hippolyte se courba un peu en avant, puis se redressa lentement. De l'œil, il chercha un but. A l'autre bout de la cuisine, un bol était resté sur la table. D'un élan, le vieux fut sur la pointe des pieds, une torsion de tout le corps et le bol, là-bas, fut enveloppé, soulevé et jeté contre le mur où il s'écrasa. Colombet eut un rire silencieux.

Brinquetaille, qui roulait en tête, aperçut de loin cette chose droite au milieu de la route. Il crut à un reste de brume. Lorsqu'il fut à une trentaine de mètres, il reconnut Colombet. D'un coup sec de la main, il arrêta sa bête. Derrière, les voitures butèrent les unes contre les autres. Il y eut des hennissements et des jurons auxquels se mêlèrent des cris d'effroi.

Le Pierre s'était mis debout sur son char à bancs.

— Colombet, tire-toi de là !

En réponse, le vieux leva son fouet. Brinquetaille poussa le mulet. La bête cinglée hennit de douleur et s'arrêta net.

— Colombet ! hurla Pierre, lève-toi ou je te passe dessus !

De nouveau, le fouet de l'Hippolyte vint mordre le mulet qui faillit faire verser le char. Les autres essayèrent de se porter à la hauteur de Brinquetaille pour voir ce qui se passait. Le chemin n'était pas large. A peine si deux voitures pouvaient avancer de front. Ils hésitaient, ne sachant plus que décider, répugnant à blesser le Colombet. Voyant leur embarras, Hippolyte s'avança :

— Arrière ! Rentrez dans vos maisons !

Les bêtes de tête, sous les coups qui les affolaient, ruèrent dans leurs brancards et reculèrent malgré les guides leur sciant la bouche. Dans tout le convoi, ce fut une confusion indescriptible, les uns tirant à droite, les autres à gauche pour éviter qui une roue, qui un coup de sabot. L'Hippolyte avançait toujours. Une femme tomba avec des hurlements. Brinquetaille, pâle de colère, mit pied à terre et se lança sur le vieux. En plein élan, pour éviter la terrible lanière, il plongea dans les jambes de Colombet qui chancela. C'était fini. Pierre lui enleva son fouet. Ni l'un ni l'autre ne parlèrent. Hippolyte laissa retomber ses mains impuissantes. Brinquetaille remonta sur son char et la descente reprit.

L'Hippolyte ne changea pas de place, se tenant raide dans le chemin. Pour ne pas l'écraser, on dut s'écarter. Comme un écueil qui fend le flot mais ne l'arrête pas.

A son habitude, Morvache passa le dernier. Ça lui fit de la peine de voir le bonhomme dans cet état.

— Colombet, grimpe avec moi ?

Le vieux n'entendit même pas. Arrivé au tournant, Morvache se retourna, espérant un geste ou un appel. L'Hippolyte se tenait au même endroit et le vent qui se levait faisait danser ses cheveux gris.

*
* *

Quand ils arrivèrent à Rustande, les femmes ne purent se tenir de raconter l'aventure vécue au matin. Elles le firent avec force gestes et exclamations, heureuses d'être écoutées, elles, les montagnardes qu'on regardait arriver avec des sourires quelque peu apitoyés.

Au café, on offrait le canon de l'amitié aux nouveaux venus. On leur expliquait la vie les attendant. Roquefeuille les écoutait et sous leurs paroles lourdes, maladroites, il entendait une condamnation sans appel de ce qu'il avait fait ou contribué à faire. Rochejean, le cafetier, dit :

— Tout de même, ce Colombet… à son âge ! Qu'est-ce qu'il espère ?

Marius se leva, remonta son pantalon.

— Rien… Il espère rien parce qu'il y a plus rien à espérer, ni pour lui, ni pour nous…

Il les regarda et, d'une voix triste :

— On est foutu, les gars et plus personne peut nous aider.

10

Les hommes partis, la montagne retrouva sa grande paix, celle d'avant leur venue.

Sans le silence, Colombet se fut senti plus heureux qu'en la compagnie de ses semblables. Seulement, il y avait ce silence pareil à une étoffe épaisse qui se serait abattue sur la montagne. L'absence de bruit, qu'on ne découvrait jadis qu'au fond des bois, régnait maintenant au milieu des hameaux. Rien n'éveillait plus l'Hippolyte au matin et, lorsqu'il se levait, de voir par sa fenêtre les cheminées mortes de Beauzères, d'où pas une fumée ne s'élevait, lui tordait le cœur. Le soir, il était long à s'endormir, le calme de la nuit, ne s'opposant plus au tumulte journalier, n'avait rien d'apaisant. Marcher dans les prés, au crépuscule, lui donnait l'impression de se promener dans un cimetière. Il savait reconnaître chaque pacage. De n'y apercevoir aucun mouton, de ne point entendre les appels argentins que lançaient les gamins pour rassembler leurs bêtes, lui faisait mal. La seule rumeur courant dans Beauzères et dans les terres autour du village était celle qui naissait sous les pas de l'Hippolyte. Chiquer lui avait donné l'habitude de se racler la gorge pour cracher à chaque instant le jus noir qui lui empâtait la langue. Jusqu'à présent, il n'y prêtait point attention, mais avec ce grand silence de mort imprégnant le pays, la moindre toux prenait des proportions fantastiques par les échos sans nombre qu'elle éveillait. En compensation, le vieux vivait des matinées merveilleuses où, sûr de n'être point troublé, il parcourait les sommets parlant à ses souvenirs.

Et des souvenirs, il en avait le bonhomme. Chaque fois qu'il sortait de chez lui, il était sûr de rencontrer les fantômes de son passé et il partait dans ses promenades solitaires comme s'il avait été à des rendez-vous depuis toujours fixés. Il se voyait gamin courant avec d'autres gosses dont il ne se rappelait plus bien les noms et qui, tous, dormaient au cimetière ou s'étaient perdus quelque part dans le monde. Quand il rentrait le soir, harassé, sale, parfois les vêtements déchirés, la Justine, sa mère, lui tournait une paire de gifles en lui prédisant un avenir dont le point d'aboutissement était la guillotine ou le bagne. Firmin, le père, un gros homme roux et placide, ne parlait presque jamais. A cause de ça, les imbéciles le réputaient un peu sorcier. Firmin était un cubeur de bois connu dans toute la montagne. Il gagnait sa vie en mesurant les arbres. Très tôt, il avait emmené le petit avec lui. Colombet se rappelait mal sa mère, morte on ne savait pas trop de quoi, dans les années quatre-vingt-cinq. Son visage se perdait dans un brouillard qui en masquait les traits. Il revoyait mieux la figure burinée de son père, que le temps n'avait pas réussi à modifier. Le père Firmin n'avait pas laissé à la maladie le loisir de lui sculpter un nouveau visage. Il était mort, foudroyé, un soir d'hiver en sortant de sa cuisine, pour observer la neige.

Peu à peu, Hippolyte, dans ses longues courses solitaires, s'était mis à s'entretenir avec ses défunts. Lui seul, bien sûr, entendait les réponses silencieuses murmurées par des bouches invisibles. Ceux qui l'auraient épié parlant à voix haute dans la montagne en ne s'adressant à personne, auraient douté de sa raison. Ils ne pouvaient comprendre. Aux habitants de Beauzères qui, sans vergogne, étaient partis, laissant s'éteindre la dernière flamme dans l'âtre abandonné, Colombet en avait substitué d'autres qui, eux, ne déserteraient pas. Le premier qu'il imaginait rencontrer, le matin, en mettant le nez dehors, c'était Martial Tarvon — le père de Brinquetaille — mort d'un chaud et froid en 1902. Dans le bois, il rejoignait presque tous les jours l'Arsène que l'on surnommait le Fils, nul ne savait pourquoi et qui s'était tué bêtement avec son propre fusil qu'il avait oublié de décharger. Tous, ils s'amenaient en une longue procession et l'Hippolyte les passait en revue, comme un officier sa troupe.

Il suffisait au vieux de regarder la maison du Toine Loupiac, pour voir sa sœur Jeanne s'encadrer sur le seuil. Une belle fille, aussi forte qu'un homme. Il n'aurait pas dû lui permettre de partir à la ville. Quand Colombet gagnait l'autre bout de Beauzères, celui qui s'ouvre sur la descente, il se rappelait le père et la mère Draize qui lui avaient donné leur unique enfant, la Mélie.

La Mélie, vers les années quatre-vingts, c'était une belle créature, avec des cheveux châtains, une forte poitrine, des hanches larges et, par-dessus tout, de grands yeux clairs qui avaient su attraper le cœur de cet amateur de jupons qu'était alors Colombet. Maintenant qu'il avait le pays entier pour lui seul, il arrivait à Hippolyte de recommencer le pèlerinage amoureux qu'il était le dernier à pouvoir se rappeler. Il allait jusqu'à la ferme alors habitée par les Draize et il en repartait avec la Mélie, puisque les parents avaient permis qu'il fréquentât leur fille.

La Mélie... Le bonhomme ne voyait plus l'épouse morose que la tâche quotidienne écrasait jour après jour, mais la jeune fille qui s'en allait gaiement au-devant de la vie, à son côté. Les fiançailles... la noce... et le Régis Planet — le père de Morvache — qui avait tant fait rire son monde... L'orgueil qu'Hippolyte avait ressenti quand son premier garçon était né ! Il n'y avait sûrement pas plus beau petit dans toute la montagne ! Son frère était venu quelques années plus tard et cela avait été encore une grande joie. De solides coureurs de filles que ces deux beaux gars et qu'on ne parvenait pas à décider au mariage. La guerre les avait pris tous les deux. La Mélie, ses garçons morts, n'avait plus eu de goût à rien et elle s'était laissée mourir. Brusquement, Colombet s'était retrouvé seul. Longtemps il avait cru que la présence, l'amitié des autres ne lui manqueraient jamais et voilà qu'à leur tour ils étaient partis.

***

A la mi-octobre, l'air devint plus froid et il fallut sortir les gros bonnets de laine qu'on rabattait pour protéger les oreilles. Moulédous avait un caractère moins fortement trempé qu'Hippolyte et il lui arrivait de se demander comment il supporterait l'hiver sans l'aide des hommes... Il était resté parce qu'il se trouvait bien dans sa maison et qu'il y était très attaché. A la vérité Julien, depuis son enfance, vivait dans une sorte de rêve. Venu de l'Assistance publique, il avait d'abord été berger, puis ouvrier agricole avant de pouvoir gagner sa liberté en achetant — quasiment pour rien — une cahute qui menaçait ruine. A partir de ce moment-là, il avait vécu de l'argent qu'il empochait en allant travailler tantôt chez l'un tantôt chez l'autre. Plus que tous — et pour des raisons qui n'étaient pas celles de Colombet — il avait été malheureux de la disparition de César, si malheureux que la fuite des gens de Verdagne, puis celle des habitants de Beauzères et d'Espalenc n'avait pas aggravé sa peine. Bien qu'il n'eût pas pour lui une grande amitié, Moulédous voyait Colombet plus souvent qu'autrefois. La solitude les contraignait à des rencontres que, jadis, ils n'eussent pas souhaitées. Julien reprochait à Hippolyte un cœur trop sec et ce dernier accusait son cadet d'être une tête sans cervelle.

Le plus grand plaisir de Moulédous était de courir les bois en compagnie de Flanelle, posant des gluaux ici, tendant des collets là. Surveillant la vie de la forêt, il abattait les pousses dont la croissance menaçait d'anémier les plantes adultes, ou allégeait de quelques branches les jeunes arbres privés de soleil, qui s'épuisaient à s'étendre au lieu de grossir. Il avait réussi, à force d'économies, à acheter une toute petite plantation de sapins. Il s'y rendait chaque matin pour noter les dégâts que la pluie, le vent ou la neige avait pu y commettre dans la nuit. Cette plantation était son orgueil. A cause d'elle, il n'avait pas suivi César la première fois, à cause d'elle encore il n'était pas parti avec le Toine Marsoulas.

Depuis l'abandon des gars du sommet, Julien descendait, de nouveau, chaque semaine à Rustande, pour les provisions. Avec les siennes, il remontait celles de Colombet : farine de châtaignes, pain, sucre et café. Le nécessaire.

En bas, où on l'aimait bien, on le raillait de son obstination à jouer l'ermite. Un jour, un gamin l'arrêta pour lui demander si c'était vrai qu'il se nourrissait de sauterelles comme saint Jean dans le désert.

Pour dire la vérité, les retours lui semblaient plus fatigants qu'autrefois.

⁂

Les premières semaines, Colombet n'avait guère eu le temps de s'émouvoir de sa solitude. Il devait préparer sa résistance à l'hiver. Il passa des journées entières à scier des troncs de fayard qu'il débitait en rondins réguliers entassés au fond du hangar. Sa provision de bois achevée, n'ayant plus la force d'entreprendre de gros travaux dans sa maison, l'Hippolyte commença à ne plus savoir que faire. Les nuits, surtout — qu'il ne pouvait écourter par de longues veillées — lui paraissaient interminables. Quand il s'ennuyait vraiment trop, Colombet descendait voir Moulédous.

⁂

Au début de décembre, la neige occupait sérieusement le pays. Elle ne lâcherait plus prise jusqu'au printemps. Moulédous ne pouvait plus atteindre Rustande et maintenant, le dimanche, il restait chez lui comme les autres jours de la semaine. Ça n'était pas pour lui plaire.

Vers la Sainte-Lucie, l'Hippolyte, profitant de l'apparition d'un soleil anémique, était parti — histoire de se donner du mouvement — à la recherche de nèfles sauvages. Midi le surprit près de Verdagne. Il s'en fut frapper à la porte du Julien.

Ils mangèrent un ramier tué la veille. Pas plus Moulédous que Colombet n'étaient des bavards, mais ce jour-là, ils étaient plus muets que de coutume. Le Julien surtout. Par politesse, l'Hippolyte demanda si les collets donnaient bien, si les gluaux — avec ce temps — ne gelaient pas avant que les grives ne s'y prennent. Il n'obtint que des oui et des non. Jamais davantage. Le vieux connaissait suffisamment son hôte pour savoir que quelque chose n'allait pas. Aimable, comme il ne l'avait jamais été, il s'enquit de sa santé : elle était bonne. Pourtant, à la seule manière dont son compagnon mangeait la carcasse du pigeon, Colombet devinait sa préoccupation. De guerre lasse, il se tut à son tour. Le ramier fini, pendant que Flanelle se délectait avec les os, ils burent chacun un grand bol du bouillon où la bête avait cuit. De dessous la cendre, Moulédous tira quelques pommes de terre. Le repas terminé, l'Hippolyte se cura les dents avec la pointe de son couteau. Julien lui offrit une chique qu'il accepta volontiers.

A deux heures, quand les premières brumes annoncent la fin du jour, Colombet se leva. Il ne lui fallait pas s'attarder s'il ne voulait pas être surpris par le grand froid. Si bon coureur de bois que l'on soit, la nuit et la neige, lorsqu'elles unissent leurs efforts, sont rarement vaincues. Le vieux s'enveloppa dans une grande houppelande qui lui donnait l'aspect d'un fantôme. Il lui parut que la main de Moulédous fuyait dans la sienne.

— Alors adieu, dit-il. Tu montes me voir demain ?

— Non, pas demain...

La visite du Moulédous à Beauzères était pourtant convenue depuis longtemps. Mais à chacun sa volonté. L'Hippolyte ouvrit la porte.

— Je monterai pas demain, ni une autre fois...

Du coup, le vieux se retourna.

— Tu monteras plus ?

— Non

— Pourquoi ?

— Parce que je m'en vas ce tantôt.

Les jambes du Colombet tremblèrent. Le Moulédous s'en allait. Il savait où mais il voulait que Julien le lui dise.

— Et où ça que tu vas ?

— A Rustande.

L'Hippolyte avait usé toute sa colère lors du départ des gens d'en haut. Il se doutait qu'un jour... Mais pas si vite ! Julien était bouleversé de voir la figure du Colombet.

— J'ai trente-cinq ans..., crut-il s'excuser.

— Moi, j'ai passé les soixante-dix, c'est pas une raison.

— Si. On n'est pas fait pour vivre seul. C'est l'amitié qui me manque...

— Il y a point d'amitié...

— Tu sais bien que si ! A preuve, César...

— Parle pas de lui ! T'as pas le droit !

Ils se turent, le cœur lourd, tous deux. Le vieux hésitait à partir, à rompre le dernier lien qui l'unissait encore aux hommes.

— Tu vas travailler à l'usine ?

— Oui... au ciment... paraît qu'on apprend vite...

— Tu seras plus ton maître !

— On l'est pas non plus quand on est seul....

— T'en a tant que ça besoin des autres ?

— J'ai trente-cinq ans...

L'Hippolyte tenta un dernier effort pour essayer de démolir cette résolution.

— Pourtant, t'as jamais frayé avec eux, du temps qu'ils étaient dans la montagne...

— De les sentir vivre, ça me suffisait.

Le vieux hocha la tête. Il comprenait et savait que toutes les paroles seraient inutiles. Le vent avait refermé la porte. Il l'ouvrit et du seuil, cria :

— Fais à ta volonté, donc !

Moulédous l'attrapa par sa houppelande.

— Et toi ?

— T'occupe pas, j'ai mes chèvres...

Le Julien prit une voix grave.

— C'est pas chrétien de préférer la compagnie des bêtes à celle de tes frères !

— Ce qui est pas chrétien, répliqua Colombet, c'est de quitter le pays que Dieu t'a donné !

L'Hippolyte s'en alla aussi vite qu'il le put. Cette discussion le fatiguait et d'être toujours d'un avis contraire à ceux qui parlaient, l'écœurait. Au moment de s'enfoncer dans le bois, malgré lui, il regarda vers la maison où Moulédous, ayant allumé la lampe, se tenait debout à la porte. Sa silhouette se détachait nettement. Le vieux le vit porter les mains à sa bouche.

— Colombet... Si tu veux mon idée, tu devrais descendre avec moi... tu gagnerais encore tes cinq francs et Brinquetaille a dit qu'il te prendrait en pension !

L'Hippolyte pensa qu'il ne pouvait pas répondre sans s'humilier.

***

Un peu avant Noël, un samedi, Roquefeuille, assis au coin de l'âtre, fumait sa pipe. Il faisait un temps à ne pas mettre un chien dehors. Antoinette grattait des carottes qu'elle cuirait longtemps avec un jarret de veau et des oignons. Un silence parfait régnait dans la pièce, si parfait que la femme sursauta lorsque son mari se leva et s'étira avant de gagner la fenêtre dont il écarta le rideau.

— Sacré Bon Dieu de saloperie de temps !

Antoinette avait horreur qu'on blasphémât.

— Tu devrais avoir honte, Marius... A quoi ça sert de lancer des gros mots au Seigneur ? Le temps, bon ou mauvais, est pareil pour tous, non ?

Il y avait des moments où Roquefeuille haïssait sa compagne qui, sans cesse, prononçait les mots qu'il ne fallait pas dire.

— Eh non ! justement !

Elle haussa les épaules. Marius prenait des manières de « gros » depuis que M. Ponchot, pour le remercier de son ambassade, l'avait nommé contremaître. Voilà que maintenant, il enfilait sa veste doublée.

— Tu sors ?

— Ouais.

— Où tu vas ?

— Où tu veux que j'aille ?

— Fais attention ! Tu bois trop !

— Merde !

Il avait prononcé le mot avec un calme plus grossier, plus insultant que toutes les colères. Quand il eut refermé la porte derrière lui, Antoinette pleura dans son tablier. Quelque chose rongeait son homme depuis la mort de César. Elle ne parvenait pas à deviner ce que c'était. Les cierges qu'elle brûlait à l'église ne lui servaient à rien, le Saint-Esprit ne venait pas à son secours.

En rentrant chez Rochejean, la respiration manqua à Roquefeuille, tant l'atmosphère était épaisse. Il prit place à une table où buvaient déjà Brinquetaille, Jean du Fils, Morvache et Machuret.

— Putain de temps, remarqua Machuret.

— Ça pourrait pas être pire, approuva Jean du Fils.

— Je me demande... murmura Morvache.

— ... comment il s'en sort, complèta Brinquetaille.

Il n'y avait nul besoin de dire le nom de celui auquel ils pensaient. Marius cogna sur la table en criant :

— N... de D... ! vous savez aussi bien que moi qu'il peut pas s'en sortir !

Aux autres tables, les conversations s'arrêtèrent. Moulédous, qui n'avait pas encore pris l'habitude de vivre en public, s'approcha de Roquefeuille.

— Tu tires peine pour l'Hippolyte ?

— Et toi, non ?

— Si.

— Qu'est-ce qu'on peut faire ?

Roquefeuille ne répondit pas tout de suite et, quand il le fit, ce fut pour demander :

— Machuret, t'as gardé ton traîneau ?

— Bien sûr.

— Et qui c'est qui a le mulet le plus fort ?

En chœur, ils dirent :

— Marsoulas.

— Alors, voilà ce que je propose : dimanche prochain, je veux dire demain en huit, on grimpe là-haut et de gré ou de force, on embarque l'Hippolyte et ses chèvres. Quand il sera là, on verra s'il ose remonter !

***

Dans la semaine précédant le dimanche où Roquefeuille s'était promis de venir le chercher, Colombet craqua.

Il s'était couché malade et rêva que le Moulédous n'était pas parti, qu'il avait seulement voulu lui faire peur. Éveillé, le vieux demeura prisonnier de ses songes et, au matin, il s'en fut à la recherche du Julien. Il le chercha dans Verdagne, descendit jusqu'à Lavillerie, l'appelant à grands cris. Colombet rentra fourbu et grelottant dans le milieu de l'après-midi et se coucha sans rien avaler. Presque aussitôt, il sombra dans une torpeur fiévreuse. Les yeux grands ouverts, il parlait à la Mélie :

— Cinq francs par jour, sans quasiment travailler, c'est

pas mal, hein ? Quand j'aurais payé la pension au Brinquetaille, il me resterait encore des sous pour boire une chopine... Et puis le soir, la Joséphine, — elle est bien avenante, tu trouves pas ? — elle me préparerait mon lit... elle me donnerait ma soupe... Après, selon la saison j'irais fumer ma pipe dehors ou je ferais une partie de cartes. Au fond, ce serait pas une mauvaise vie... qu'est-ce que t'en dis, ma Mélie ?

Les bêlements des bêtes affamées arrachèrent l'Hippolyte à ses phantasmes. Il se rappela qu'il n'avait pas donné à manger à ses chèvres et qu'il ne les avait pas traites non plus. Il faisait trop froid pour aller à l'étable. Pour ne pas entendre le bêlement Colombet ramena les couvertures sur sa tête. Le froid tenait l'Hippolyte jusqu'au ventre : ses jambes lui paraissaient mortes... A l'hôpital, il paraît qu'on y est tout ce qu'il y a de bien ! On se fait dorloter et d'autres paient. Le vieux pensa qu'il devrait prendre une infusion de bourrache pour chasser le froid de ses jambes, mais à la seule idée de ce qu'il devait entreprendre : casser du petit bois, mettre du papier, allumer le feu, faire bouillir l'eau, chercher le sucre, il renonça. La Joséphine lui donnerait des infusions sans qu'il ait à se déranger. Personne à qui parler, c'est dur ! Les conversations chez Rochejean où il pourrait donner des conseils, où on lui demanderait son avis... L'Hippolyte grelottait tellement qu'il se croyait sur le point de mourir. Brinquetaille avait raison, il n'était plus d'âge à se séparer des hommes. Par son entêtement, il allait crever et il n'y aurait personne pour l'aider à passer. Il s'en irait, la conscience toute sale par sa faute. Sûr que là-haut, on lui en tiendrait rigueur ! La messe tous les dimanches, sans être contraint de marcher pendant des lieues et des lieues, et les sermons où on apprend tant de choses, et les prières en commun pour les défunts, et les offices pour alléger la peine de ceux qui sont en Purgatoire... Pis que le Purgatoire, peut-être, qui attendait le vieux pour s'être entêté ! S'il mourait seul, dans les bois ? Avec ce froid du diable, c'était une affaire fort possible et les renards ou les blaireaux dévoreraient son corps avant qu'on le trouve. Au catéchisme, dans le temps, on lui avait appris que ceux qu'on ne mettait pas en terre chrétienne n'entraient jamais au Paradis... Colombet sentit les larmes lui piquer les yeux, tant il s'apitoyait sur lui-même. De vrai, il y en aura qui riront quand il arrivera à Rustande, mais Brinquetaille, Machuret et Moulédous sauront les faire taire. N'importe quoi valait mieux que la solitude en face de la mort.

⁂

L'aube éclaira Colombet en train de préparer à son tour le grand départ. Il était monté dans le grenier chercher une vieille malle dont le dessus en peau de porc cédait par endroits. Son père la lui avait achetée pour aller accomplir son temps à Clermont. Il y entassa ses hardes et quelques souvenirs auxquels il pouvait accrocher sa vie : la photo du beau couple qu'il faisait avec la Mélie, le jour de leurs noces ; celle des fils dans leurs uniformes de pioupiou à larges épaulettes ; une statuette de Notre-Dame du Puy dans le pied de laquelle il y avait un trou où — en fermant bien un œil — on pouvait contempler cinq ou six vues de la ville qu'elle protégeait. Dans une blouse bleue qui lui restait de l'époque où il courait les foires, il mit une chemise, des mouchoirs, des chaussettes et noua le tout soigneusement. Sous le noeud, il passa un solide bâton de hêtre. Au cou, il s'accrocha la paire de souliers neufs qu'il s'était achetée à la Saint-Jean.

Une dernière fois avant de partir, l'Hippolyte voulut visiter sa maison. Dans la chambre où il avait mené la Mélie pour la première fois, devant le lit où elle était morte, où le petit était né, il resta un long moment, oppressé d'images ayant le goût amer des choses qu'on ne reverra plus. Mais il ne pouvait pas repasser des nuits pareilles à celle qu'il venait de vivre. A la cuisine, il effleura doucement de la main la table laissée par son père qui la tenait de son père ; les marques des écuelles s'y devinaient, bien que le plateau en fût de chêne.

Le claquement sec de la porte se refermant résonna dans la poitrine du vieux. Il ouvrit l'étable et laissa les bêtes se précipiter dans le foin, comptant venir les prendre sous deux ou trois jours. Son baluchon sur l'épaule, il partit vers Rustande.

***

A la fin de la matinée, Colombet arriva au Château du Toil, dans le voisinage de Lavillerie. Chacun des hameaux morts — Beauzères, Verdagne, Lavillerie — avait reçu sa visite, de même que la maison de l'Éclos où le fayard, n'étant plus contrarié, commençait à pousser des branches dans la cuisine.

Brûlant de fièvre, la poitrine serrée dans un étau,

éreinté, l'Hippolyte se laissa choir dans la neige où il s'assoupit. L'appel de son nom le tira de son dangereux repos. Il se dressa sur les genoux pour voir qui le hélait et cria : « Hé ? » Il ne vit personne et retomba sur le sol.

D'un élan, il fut debout. Très distinctement, il avait entendu appeler : « Colombet ! »... L'inquiétude commença à lui frôler les tempes. Il hurla : « Moulédous ! » L'écho de sa voix se répercuta d'arbre en arbre dans le grand silence de l'hiver, comme s'ils étaient plusieurs éparpillés dans la forêt à répéter : Mou-lé-dous ! pour se moquer du vieux.

Ce coup-là, Colombet ne pouvait plus douter : on venait de crier son nom ! Il tourna sur lui-même. L'angoisse perçait dans ses gestes. Raffermissant son baluchon sur l'épaule, il regarda autour de lui. Tout semblait bien tranquille, bien net dans ce paysage hivernal... La lande entre les deux avancées de forêt, et au bout, la faille avec Rustande dans le fond. La faille !... Brusquement l'Hippolyte s'arrêta. Pourquoi s'était-il éloigné du chemin de Rustande ? Pourquoi était-il venu dans ce coin ? La scène qu'il avait vécue, à cette même place, avec César, reprenait toute sa force. On avait encore dit : « Colombet ». Il en était sûr. Le vieux, la gorge serrée, crut reconnaître la voix de César... de César écrasant sous son genou Tomasi avant de le jeter dans le vide ! L'Hippolyte voulut courir mais une force étrange lui alourdissait les jambes... Il poussa un gémissement et se boucha les oreilles car on lançait son nom, sur un ton chantant, pareil à celui des Piémontais... Il se trouvait devant le buisson où pendant deux heures, silencieux, ils avaient guetté l'apparition de l'Italien. La longue main du vent fouilla les vêtements de l'Hippolyte. La fatigue et la faim l'enfiévraient.

— César, racla-t-il, César… t'es là ?

Une sorte de rire secoua les branches des arbres. Encore une fois, du milieu des feuilles, on appela : « Colombet !… »

Fou de peur, l'Hippolyte courait en aveugle, hurlant quand il se cognait à un arbre. Sa course stupide le ramenait toujours au bord de la faille d'où il s'écartait avec de grands efforts de tout le corps, tandis que la voix de César, l'appelant à coups précipités, le suivait dans sa fuite. Épuisé, le vieux s'écroula au bord du ravin et attendit, les ongles dans la terre, que sa raison reprenne le dessus.

Et puis brusquement, Colombet, apaisé, n'eut plus mal nulle part. Il respirait à son aise. La fièvre l'avait quitté. Il se remit lentement debout. Le vent, à travers les branches lourdes de neige, lui apporta son nom. Le vieux sourit et d'une voix sereine dit :

— J'ai compris… vous tourmentez pas… j'ai compris…

Il avait compris, le Colombet, qu'un homme de sa trempe ne pouvait pas quitter ses morts, sa maison, sa montagne. Il fallait qu'il y reste comme César y était resté. Il venait d'en avoir la preuve. Même s'il avait voulu encore déserter, il n'aurait pas pu, César rôdait dans la montagne pour l'en empêcher. La disparition de son ami et celle de l'Italien l'avaient, à jamais, enfermé parmi les arbres. Il n'avait plus peur. A nouveau, son nom chanta à ses oreilles, lancé par une voix intemporelle. Il sourit, amusé.

— Je sais, grand… je sais.

Il voulut contempler la vallée dont ils lui interdisaient l'accès. Il s'approcha du bord de l'abîme. Il reconnut le morceau de terrain éboulé jadis pour laisser croire à un accident. En bas, une lumière pâle éclairait les toits de Rustande. Juste au-dessous de lui, le petit bois de châtaigniers où le corps de l'Italien... Une belle chute !... Dans son dos, de nouveau, on cria : « Colombet !... » Le vieux étendit les bras dans un geste d'apaisement :

— Oui, murmura-t-il, attends...

Il revécut les frayeurs de la nuit passée. Il frissonna à l'idée du froid qui l'attendait, tapi au fond de sa maison. Il ferma les yeux, serra bien fort les poings et, puisqu'il ne pouvait pas gagner la vallée, comme les autres, et qu'il n'avait plus le courage de vivre seul, il se laissa tomber en avant, pour rejoindre César.

La composition de ce livre
a été effectuée par Bussière à Saint-Amand,
l'impression et le brochage ont été effectués
sur presse CAMERON
dans les ateliers de la S.E.P.C. à Saint-Amand-Montrond (Cher)
pour les éditions Albin Michel

Achevé d'imprimer le 24 janvier 1977
N° d'édition 5870. N° d'impression 1919-198
Dépôt légal 1er trimestre 1977

Imprimé en France